鸢尾花

梵树 著

九州出版社
JIUZHOUPRESS

图书在版编目(CIP)数据

鸢尾花 / 梵树著 . --北京:九州出版社,2016.8

ISBN 978-7-5108-4638-0

Ⅰ.①鸢…　Ⅱ.①梵…　Ⅲ.①长篇小说—中国—当代

Ⅳ.①I247.5

中国版本图书馆 CIP 数据核字(2016)第 196955 号

鸢尾花

作　　者	梵　树　著
出版发行	九州出版社
地　　址	北京市西城区阜外大街甲 35 号(100037)
发行电话	(010)68992190/3/5/6
网　　址	www.jiuzhoupress.com
电子信箱	jiuzhou@jiuzhoupress.com
印　　刷	北京洲际印刷有限责任公司
开　　本	880 毫米×1230 毫米　32 开
印　　张	5.25
字　　数	130 千字
版　　次	2016 年 10 月第 1 版
印　　次	2016 年 10 月第 1 次印刷
书　　号	ISBN 978-7-5108-4638-0
定　　价	30.00 元

目 录

序

《鸢尾花》是我的第一本书。

写这本书的时候,我在广州。南方的天气异常炎热,我每天都会写作。白天,晚上,不分日夜地写。在很多地方,我都会带上那个印着巴黎铁塔的笔记本。在落笔之前,故事框架基本定型。尘埃落定。几乎没有太大修改。这一点,我觉得欣慰。

这本书是一个小故事。青春与爱,是整个故事的线索,而在书中,试图探索年轻人内心情感及精神所向,但这只是其中一部分。很多情节都是平铺直叙,属于白描,书里呈现的故事没有太大的波折和起伏。情节零散,似乎没有发展的逻辑、顺序。从发生到结束,始终是平淡的过渡。

它就如同一卷黑白胶片,在时光中日渐黯淡。倘若将这些零星的画面放置在一起,前后呼应,便构成了一个不可或缺的整体,依然是完整的。

随着时间远去,发现自己的生活越发趋于寂静。不喜欢热闹与喧嚣。讨厌照镜子。人与人之间总存在着疏离,即使再好的朋友,也会窥见对方所暴露的缺陷和冷漠,所以很多时候我选择独处,疏于对外界的联络。因此很多人注定将你遗忘,直到静静地消失在记忆之中。这,无法避免。

村上春树说,没有人喜欢孤独,只是不愿失望。

一个人，行走在陌生的城市之中，默默地感受身在异地的温暖和孤独，你会觉得走到哪里都是如此。有时，去书店看一下午书或者在咖啡馆坐到凌晨，安静打发时间。

我想，人的孤独都是如此。

关于写作这件事，其实并非偶然。每一部小说里，都隐没着作者埋下的一个秘密或者陷阱，这在时间与空间中与读者的视点相对等。对于写书的人而言，存在一个阶段性。因为每个人都无法逃避岁月的年轮，人都会随同时间老去，内心世界也会逐渐发生变化。书中的故事仿佛没有结局，似乎被淡化在时间之中。

《鸢尾花》这本书中，有很多段落都是关于内心的描写。事实上，我并不喜欢大篇幅的对话，那样的叙述过于饱满、直接。我所写下的文字，更多是探索内心的流向和本质，把留白部分交给读者自己延伸。

这就像是在不辞辛苦地去拆开一个秘密的盒子。

与其情节相比，我更看重事物内在的质地。生活以及情感的存在就像是水中的幻影。你看到的，隐藏在文字里的忧伤，仿佛是青春的全部。写这本书之前，在脑海里浮现的是很多画面，或者是记忆所渲染出的意象，属于内心的领会。

这本书，对于自己而言，有着记忆和生活以外的另一层意义。里面的一些情节似乎出于我的生活本身。无论是文字，还是记忆，都存在着触动我内心的那种微弱力量。

我想，即使喜欢一部分，也是好的。

2016.7.18 梵树 上海

梦

我想，所有的矛盾都是从猜疑开始的。

在开往广州的火车上，我凝视着窗外寂寥的风景，如同脑海中的记忆，不断闪现，稍纵即逝。我不知道我是否真正爱过一个人，或者，那些温暖的时光存在记忆中是否有意义。突然感觉四年时间过于短暂，短到来不及与之告别，便匆匆离开，而迎接自己的未知生活像是一个谜。这种从集体生活到独自生活的转变让我不知所措，甚至慌乱。

我有一个姐姐。她毕业之后便去了广州，在那边工作至今，也算是进入了一个稳定的状态。之前在学校和她经常通电话，她希望我毕业后可以和她在同一个城市工作，而我本身也是这么想的。毕竟是亲人，有什么事情可以彼此照应。这样一来，我对自己的去向也算是有了答案。

城市仿佛隐藏着一种未知的力量，这种力量，让人对之产生向往。三年前第一次来广州的那种感受与新奇依然残留在脑海之中。

那个夏天，我独自去了广州。

离开学校的时候，我带着平日的衣物和书籍。其中，有我前女友送给我的生日礼物，是普鲁斯特的著作《追忆似水年华》，书的边角稍微有些破损。这本书，一直留在身边，我想这大概是因为掺杂了太多记忆在里面。我在书的最后一页写下她的名字，字迹小到几乎很难察觉。我觉得人的记忆是有寿命的，但文字却没有。除此之外，还有杜拉斯的《情人》和麦克尤恩的《水泥花园》。

我有很长一段时间仿佛陷入那种寂静之中。那种寂静，让你觉得你与这个世界没有任何联系。夏夜漫长，闷热不堪，我打开手机寻找号码，迟疑很久，却不知道该打给谁。寂寥，无助，以及突如其来的虚无感。

这样的感受，是在离开学校之后产生的。

那段时间，我住在我姐姐家里。那套房子租在五楼，前后是植被繁多的绿地，参天大树，触手可及。她在露台上栽种了栀子、水仙、月季、兰草和仙人掌。另外，还有一盆鸢尾。蓝色的花瓣，像是展翅欲飞的蝴蝶。我很喜欢这种花，以前是在凡·高的画册中见过这种花，便被它的纯净的颜色深深吸引，有着海水般忧郁的气质。

我喜欢蓝色，这和我的性格刚好也是吻合的。

平时，我一个人在家，闲来无事便给这些花草浇水。后来，我的姐姐开通了网络，于是我每天都会在不同网站投送简历。之前在学校有过的那种热情和信念依然存在，依然相信自己接下来的生活会如愿以偿，事实并不如此，甚至事与愿违。

很多时候，我无所事事，有时一天都不出去，在家里看书。我上高中时候的愿望，是当一名作家，所以平时我不得不和各种书籍打交道。尽管这个梦想尚未实现。但是我依然乐此不疲地保持阅读的习惯。如果身边没有书，我会感觉到内心的某种缺失，就像几天没有施水的植物，虚脱无力。

虽然是住在我姐姐的家里，食宿及开销都得到安顿，但还是无法获得某种心灵上的满足，至少在想法上是这样的。我有时在家，那种寂静和不安让我无法适从，所以我也选择下楼，去附近走走，或者坐公共汽车去其他地方。这是奇怪的事情，只要是行走在路上，我就没有这种感觉。

孤单是不可避免的。

我姐姐出去上班之后，这种情形便随之显现出来。而就业、生存似乎是每一届毕业生共同面临的问题。这些现实问题迫使你不得不去思考以及面对，而至于自己曾经所追随的理想却显得遥不可及，像是忘了自己还有过理想。我的理想究竟是什么？画家，作家，诗人，还是摄影师。存在于脑海中的这些形象已不再清晰，它们被现实扭曲、压制成一种模糊的概念。

我姐姐给我安排的那个房间靠近后面的厨房，里面有一半的空间堆置着房东留下的器具，包括缝纫机、旧木箱、衣橱、夹板，以及其他零碎的旧物。缝纫机上有一盏泛黄的老式台灯，有的时候，我就坐在这里看书，或者写点东西。写在一张张信纸上面，这种写作方式置于现在这个时代似乎显得落伍。因为炎热，几乎整夜都要开着电风扇才能睡觉。

除开找工作以外，更多的时间，我停留在附近的一个图书馆里面。那个图书馆离我姐姐的住处并不远，步行过去也就十分钟。这个地方，仿佛成为我的精神乐园。的确是这样。

街上也有一家新华书店，但是里面的书并不多，很难寻觅到自己喜欢的读本。而在那个图书馆中，却找到了自己寻觅很久的书。其中，有博尔赫斯、昆德拉、伍尔夫，以及村上春树等。阅读至少让我在心灵上获得某种自由。我开始感觉自己的意识已经潜移默化地发生变化。这种变化，似乎隐藏在我的血肉之中。我以前那种对待生活和梦想的激情仿佛脱离了自己，与自己渐行渐远。我越来越不喜欢与人相处。害怕孤单，却又不喜欢热闹，就是这样一种矛盾的心境。我感觉自己的世界越来越小，小得仿佛只能容纳自己。

那个失眠的夏天，我又开始写作。

这就像是一个出口。

有很长一段时间，我的生活陷入一种病态之中。经常在深夜起床，抽烟，写作，一直持续到天明，然后关上电脑睡觉。我的手机无法正常行使它具备的职能，除了偶尔打给一些素不相识的陌生人。

这样的状态持续了很长一段时间。我像是陷入了迷雾森林，置身深处，束手无策。

有时我躺在床上，想起曾经有过的恋情，便暗自欣喜，那些温暖的画面触手可及。同时，也被现实的局面感到心灰意冷。时间，似乎变成了一种掠夺。

我姐姐每天依然按时上班，清晨便匆匆出门。有时也会留一些零钱给我，让我出去买点吃的东西。我最终还是把这些钱用在购买书籍上面。

街上的那间书店位于最后一个门面，而且是街上唯一一家书店。里面的书少得可怜，而且大多数书籍都是儿童读物。找到自己喜欢的书基本上没有可能。后来，我的姐夫带我去附近的图书馆，里面的书籍分门别类，应有尽有。

我那时候喜欢的作家是三岛由纪夫和博尔赫斯，但实际上，博尔赫斯的书只有一本，而且是访谈录。有好几个下午，我都是在那里度过的。我甚至遗忘了时间的存在，以及忽略了自身的饥饿和困乏。

昨天是我第三次面试。

广州闷热而干燥的天气让我无法适从，我不知道长年久月生活在这里的人是怎么度过的。

晚上，我又纠缠在一个不合逻辑的梦中，梦里交织着很多画面：渡船、集市、小屋、百叶窗，以及后面出现的一个陌生女人，她凝视着窗外，面容平静，目光落寞，明媚的阳光沿着藏蓝色的窗台透进来，映在她白皙的皮肤上。她静默地守候在房间中，对峙着时间的空白。像是独自等待着一个可能出现的人。在她身后，摆放着一支鸢尾，即将凋零……

姐姐把我叫醒的时候，我睁开眼睛，看见窗外的天空微微发亮。

直到醒来，这个梦的来龙去脉是清晰的，而且深刻。这个梦似乎一直存在我的意识之中。我并不知道它的存在是否与现实有着联系。

依然是异常炎热的天气，刮风的日子十分少见。印象中仅有一次，是去附近的那个图书馆。我从图书馆借完书返回时，外面已经开始起风，突如其来地扑向大地。

于是我加快脚步，穿过空旷无人的公园。风摇动着树上的叶子，呼呼作响，露出白色的背面。天空仿佛正酝酿着一场倾盆大雨，结果并没下雨，大风过后，一切又渐渐恢复平静，阳光再次从稀朗的树隙中流淌下来。

我已经渐渐习惯了南方，以及南方这种慵懒、不定的天气。

我收拾好面试所需的资料，以及带上我的姐姐放在餐桌上面的零钱，然后换好鞋子下楼。街上的行人并不是很多，熙熙攘攘。已来不及去街上买早餐，我直接去站台等候公共汽车。四周都是陌生的人群，他们似乎都是同一种表情。如同城市本身的形态。

有一个人提着公文包挤到我旁边，身着深蓝色西装，系着领带，他的面孔因为焦虑而显得分外疲惫。还有一个皮肤黝黑的民工，扛着沉重的工具，嘴里叼着一支快要燃尽的烟。

他们总会让我联想到自己的处境。我甚至可以想象以后将会踏上那种无味的人生，在生活的流水线上挣扎。那是怎样一种悲哀。

我害怕自己成为那种无趣的人。

我跟随着人群挤上车，坐在靠窗的一个位置。车子每行驶一段路程就会停下来，然后有人上下车。车厢就像一个空瓶子，渐渐注入水，直到填满。车内十分嘈杂，混合着肮脏难闻的气息。电视用粤语播放着当天的娱乐节目，五花八门，眼花缭乱。

记得以前在武汉学画画的时候，因为疲惫而睡着，经常坐过站，结果到站时，根本不知道自己所处的是什么位置，所以我一直认为乘坐公共汽车是一件极其痛苦的事情。

那天，我去面试美术编辑。

面试的那个公司离我住处将近两个小时的车程。车子开往体育中心，中间经过南湾、下沙、莲溪、岗顶这些地方。我看着窗外，轮廓分明的高楼一闪即逝。我透过车窗看见路边的一棵树上掉下一片叶子，轻轻地滑落在地面上，直到被风带走。

坐在我身边的那个男子留着短发。他微微闭着眼睛，靠在后面的椅子上面睡觉。他穿着卡其色休闲裤，纯白色棉布 T 恤，一双看起来穿了很久的黑色帆布鞋。

中途，身边这个男子睁开眼睛，接通一个女孩打来的电话，他的脸上随之露出愉悦的表情，说话的声音十分轻柔。他说，明天晚上到北京，你来接我吗？

我将自己呆滞的眼神从他脸上缓缓收回，然后从包里拿出MP3。熟悉的旋律随之慢慢流淌出来，以前在学校经常听的那首歌——杰西卡·辛普森的 *when you told you love me*。

就这样，在熟悉的旋律中，我仿佛又回到过往的那段时光，以及那些形影不离的人。

诗与空白

在我的脑海中，时常会浮现出在大学的那段温暖却又陌生的时光。细碎的记忆依然深深印在脑海之中，像是青春的一段缩影，更像是一片时光废墟。

我总觉得在学校的时光过得太慢，有太多空闲的时光去打发。在这些"多出来"的时间里，我们同样是盲目的，彷徨无计，难以选择。这与之前的想法决然不同，高中时幻想的那种美好画面并不存在。单调，重复，每天面对的依然是同一件事情。

学校坐落在老城区，那里总散发出一种颓败、荒寂的气息。房舍都是很久以前建的房子，低矮而且陈旧。街道两边栽种的桂花树，山间大片葱郁的竹林，肮脏浑浊的河水，拥挤错落的街巷，灯红酒绿的夜店……

这些，是记忆中最深的印象。

刚开始来到这个小城，还以为自己走错了地方，感觉像是到了乡下，到处都是拉客的三轮车和摆地摊的商贩，街道上堆放的垃圾随处可见，像极了 80 年代的城镇市容。直到我们来学校之后的第二年，这里才逐渐得到改善，城管加大了街道管理力度，三轮车也被禁止上路，街上的面貌焕然一新。不过这里的交通还算便利，至少有很多车子可以去其他地方。

有的时候，大概是因为厌倦了学校的生活，脑海中突然闪过一个念头：坐车去别处。而对于这件事情，似乎很新鲜，我亦乐意反复去尝试。从学校出来，在外面的站台随便搭上一辆车，从一个地方抵达另一个地方，漫无目的，不厌其烦。也许是因为自己内心存在着种种不安。那种潜伏在血肉之中的焦虑就像一团火，在寂静之中熊熊燃烧，直到内心渐渐冷却。这种不安，需要把自己的意识转移，集中到别的事情之上才可以平息。

这种心态，在毕业之后便渐渐露出了它原有的形状及轮廓。

也有不是一个人的时候，比如和诗涵在一起。我觉得我们的共同爱好就是喜欢坐车。我们在学校外面的那个破旧肮脏站台等车，然后跟着车子去很远的地方。我们所谓的远，是以学校为参照物，去一些连自己都不知道去向的陌生地方。

我们在学校外面等候公共汽车，然后随着车子抵达目的地。过程简单，也很直接。行走的动机和时间有着不可或缺的关系，这也就意味着结果无关紧要。

四月。

有个下午，是一个晴朗的好天气，天高云淡，风清日朗。我和诗涵坐车去市中心的一个公园。往常我总是一个人去那里，坐在河岸，看孩子在水中嬉戏，然后用相机记录下他们肆无忌惮的笑脸。那些时光，停留在记忆之中，依然温暖满溢。

从学校过去，需要坐半个多小时的车程。路上，车子摇摇晃晃，慵懒的阳光让人感到昏昏欲睡。因为是春天，四处充满绿意。路边的河水涓涓向前流淌，永无止境地流向一个方向。

那是市区中唯一的一条河，水并不深，不过还算清澈，遇到旱季的时候，这里会露出干枯的河床。两岸的树长得枝繁叶茂。有几棵大树上面缠绕了一大片紫藤萝。紫色的花瓣，一串一串的，挂在树上，点缀在绿叶之间。花开得很好，如火如荼。阳光下的那种纯净自然的颜色，就像毕沙罗笔下的油彩。

　　我和诗涵沿着去往公园的河岸行走，途中经过一座陈旧不堪的桥，一直走到山脚下。那个公园在山上，是市区里面的最高点。

　　阳光从树叶的缝隙中流泻下来，在诗涵脸上留下淡淡的痕迹。她在阳光下的样子很美，就像那些静静绽放的花瓣一样绚丽。

　　在公园门口，她停下脚步，眺望着置于眼前的这片高低起伏的青山，又转过脸注视着我。

　　"要不，我们上去看看吧。"她说。

　　"你是说从这里爬上去吗?"

　　"是呀。"

　　"估计要半个多小时吧。"

　　"嗯，差不多。"事实上，我并不确定。

　　于是，我们便沿着曲折的小路扶摇而上。两边都是郁郁葱葱的植物，在阳光下显得格外鲜活。

　　中间又在半路停不来休息，她坐在我旁边。风中携带者她头发散发出的洗发水的清新味道，阳光在地上形成斑驳的阴影。

　　我看着她，却想着以后我们会不会像现在一样在一起。因为我和她在一起的时候，内心总会浮现出一种未知的伤感，这种直觉，似乎暗示着我们的不可能性。如同一道白影掠过心里。

　　有时，她仿佛可以感觉到我眼角闪现的阴影。

　　半个小时以后，我们到达山顶。其实山上也并没有特别的景色，除了漫山遍野的树和高耸的信号塔以外，依然是一片冷寂和荒芜。唯独和她在一起的时间是让人感到愉悦的。

　　认识诗涵那年，我读大三，而她刚考进这个学校。

那天晚上的邂逅像是生命中跳跃的一个音符。我和往常一样，从外面吃饭回来，中间要经过学校的图书馆、女生宿舍，以及奶茶店，再往前面便是一间书店，规模很小，店主是一名五十多岁的妇人，带着一副银白色的老花镜。

我走进书店，店主向我微笑示意，然后又把目光转移到自己手中的那本书上。厚厚的一本，也不知道究竟是什么书。我走到一边，从书架上拿起奈保尔的《米格尔大街》。书店里面有两个人，同样神情专注地在阅读手中的书。

书店里依然放着轻柔的钢琴曲，好像是莫扎特的音乐。我想，她大概喜欢这位音乐家，因为每次来这里都是这些曲子。

这时，从门口走进一个女孩，步伐显得悠闲自得。她穿着浅绿色的碎花长裙，纯白色的短袖，碎花裙子是丝质的材料，看起来十分轻盈优雅。我仿佛被她吸引住，仿佛静不下心去阅读书本的内容。

我再看了她一眼。

她已经缓缓地朝这边走过来，我赶紧把目光收回，然后转移到书上的文字上面。她伸手在旁边寻找书。沿着书架找了很久，但最终一无所获。

她有些失落，打算就此离开。

"阿姨，您这里有没有杜拉斯的《情人》?"她过去询问店主。

"这本书已经卖出去了，好像不久前，被一个男生买去的。"

"哦，谢谢。"

她随之露出遗憾的神情。

离开书店的时候，她又把目光再次转到书架那边，似乎有些依依不舍。店主注视着她，眼神中流露出同情和无奈。

我看见她心灰意冷地走出书店，突然想起自己之前好像买过这书。

于是，我放下书，跟了出去。

"喂。"我赶紧叫住前面那个女孩。

她渐渐停下脚步，然后缓缓地回过头，平静地把目光投向我的脸上。她仿佛没有回过神来，依然站在原地。

旁边有学生陆陆续续地经过，有人稍稍留意了下她那条漂亮的裙子。那天的风一直轻抚着她浓密的头发以及过膝的裙摆。

"刚才，你在找杜拉斯的书吗?"我试着问她。

"是啊，找了很久，结果被别人买走了。"

"是哪本书?"

"《情人》。"

"哦。"我突然联想到这本书，"如果你想看，我可以借你。"

"你有这本书吗?"

"嗯，买了很久了，放在那里，一直没有时间去看。"

"谢谢，那太好了。"

她露出笑意，一副欢喜的样子，眼睛清澈而明亮。我凝视着她微微舒展的眉宇。

四周有很多学生拿着书本匆匆忙忙地朝教学楼那个方向走去。校园广播快接近尾声，在一段欢快的旋律之后便戛然而止。阳光已经隐退到灰暗的云层下面，天空渐渐黯淡下来。空气中依然有片片微风，轻轻撩动着她的头发。

"我现在回去拿给你吧。"我朝男生宿舍那边望了一眼说。

"恐怕来不及了，我们马上就要上晚自习了，要不下次给我吧。"

她低下头，从口袋里面拿出手机，留意了一下上面显示的时间，稍稍皱了下眉头。

"嗯，那也行。"

"我叫诗涵，你呢？"

"良君。"我看着她说。

离开那里的时候，她把自己的手机号码留给了我，我存进自己的手机，然后仓促地向她说了再见。她直接向教室走去，我回羽毛球馆。

在路上，我走在来往的人群中，感觉自己像是拾得一种未知的喜悦，不禁从嘴角微微露出笑意。

其实，那天我也有想去书店买一本书的打算。但遇见诗涵之后，便将这件事遗忘得一干二净，似乎脑海中从未出现过"买书"这种念头。

回到房间，我开始寻找那本书，我想应该在书柜里面，平时的书都堆积在那里，但找了很久，发现消失了，不见踪影。

那本书好像是半年前买下的，但其实我并没有看完，每次都是断断续续地翻开几页，然后放下。这样阅读一本书，注定看不到结果。如果不是那个女孩提到这本书，也许我早就将这件事情忘却了，书的确找不到了。想想也不足为奇，毕竟我对丢失的书本没有任何感情，所以它最终消失。

第二天下午，我们没有课。

平时，我一般选择在家画画，或者看书。那天我是打算去书店寻找杜拉斯的作品。因为昨天毕竟已经答应了别人，总不能失言，所以我决定再去书店买一本。

杜拉斯的书我平时也很少看，只知道其中那本《情人》和《广岛之恋》。

我去街上那间常去的书店看书，那个书店在一条巷子的拐角处。四周都是商铺和餐厅，把书店开在这里，似乎显得有些格格不入。

那个书店的规模并不大，但是里面的书倒是备受欢迎，以畅销杂志和热门小说为主。而光顾这里的人，多半是学生。我走过去，心不在焉地阅读着一本海明威的书。

后来，我在外面的书架上发现了昨天的女孩要找的那本《情人》。崭新的书本，看起来格外素净整洁，翻开之后，从里面散发出一种清新的、纸张与油墨的特殊气味。浅绿色封面，上面印有杜拉斯的签名，以及一张关于她的黑白照片。我信手翻开几页，最后决定买下。

从书店走出来之后，发现外面的阳光十分耀眼。

街上依然车水马龙，不停地向四周流动。我走在林荫道下面，阳光透过树隙，洒落在地上，斑斑点点。映在我脸上。

眼前的画面，让我联想到一幅油画，名字叫《草地上的午餐》。那幅画的画面充满了光感。那些树、天空、草地、人、餐布、食物，都被包裹在明亮的光线与色彩之中。

夏天仿佛越来越近。空气中酝酿着炎热、躁动不安的气息。我想，我也开始恋爱了。

那本书，直到后来才给诗涵。

周六，我吃完饭之后，便去教学楼上晚自习，带着那本《情人》。老师坐在讲台前面，神情茫然，像是在回想什么事情，偶尔走出去看看，又回到原位坐下。

窗外下着倾盆大雨，打落在地面，树上，屋顶，噼里啪啦地下个不停，声音十分嘈杂。

我拿出《情人》，开始阅读，看了几十页，眼睛开始感觉疲惫，模糊，干涩，于是便将这书本放在旁边。

下课之后，我从教室出来，外面下起了倾盆大雨，路上已经积满了浑浊的雨水，像一条很浅的河流。路灯在雨中显得格外朦胧。素白的玉兰花被突如其来的暴雨打落，花瓣零星散落在地面，任雨水不停冲刷。

我伫立在门口，凝视着夜色中的这场大雨，等待停息。我身旁的人也逐渐散去，消失在夜色之中。眼前的这场大雨依然没有停驻的迹象。

我拿出手机，翻开通讯录，却不知道该打给谁。我凝视着手中的那本书，仿佛有种意念驱使着我，最终还是拨通了诗涵的号码。

"是诗涵吗？"我在电话里试着询问。

"嗯，你是谁呀？"

"我是良君，昨天我们在学校的书店见过面。还记得吗？"

"哦，我想起来了。"

"你晚上没有上晚自习吗？"

"我们每周只有两个晚自习，其他时间都是自由安排。你现在应该是在外面吧，好像下着很大的雨。"她说话的声音很轻柔，有着干净的质地。

"对呀，我被困在教学楼了。雨越下越大，根本没有停驻的迹象。"

"你带伞了吗？"

"没有，我正准备请你送把伞过来，现在方便吗？"

"方便啊，我在宿舍看书，反正也是闲着。你等我，我现在过来。"

"好的，那我在这边等你。"

说完，我轻轻合上手机。身边的人已经逐渐散去，仿佛只剩下我一个人守候在原地。我看着远处的灯，在黑暗中显得格外孤寂。

我想她来了刚好，我可以把那本书交给她，顺便可以见她一面。这种期盼的感受直指人心。

十分钟后，她拿着蓝色格子雨伞，出现在我眼前。

我向天空呵了口气。她微笑着注视着我，然后把手中的格子雨伞递给我，雨仍然挥挥洒洒，下个不停。她的伞看起来很轻巧，像西方女人遮挡太阳的那种伞。

走在路上，略带凉意。我稍稍打了个寒战。

"下这么大的雨，还让你出来送伞，真是麻烦你了。"我有些惭愧地说。

"没事，反正也是闲着。"

"你吃过饭了吗？"

"没有。下课了我就一直在宿舍看书，都忘了吃饭的时间。"

"是什么书啊，这么有吸引力？"我有些好奇地看着她说。

"《挪威的森林》。"

"好熟悉的名字，以前听别人说过这本书。"

"嗯，村上春树的书。"

"是的。"

"你也看他的书吗？"

"看过一些短篇小说，我始终认为他写的故事很随意。"

"嗯，我也觉得。"

我突然意识到自己似乎在这里停留了很久，而眼前的这场雨终于缓和了下来……这时候，突然从前面驶过一辆车，苍白的光线有些刺眼。我们不约而同地转过脸。

直到那辆车子走远。消失。

"我们去外面吃点东西吧。"

"好啊。"她微微点头。

我们撑着伞行走在学校的路上，夜色渗透着轻微的寒意。

从学校出来之后，感觉却是另一种景象，到处都是人群和车辆。我们沿着大街向前行走，在转角处，我们发现有一个卖夜宵的摊位，热气腾腾。旁边的桌子上摆满了各种食材。其中包括韭菜、金针菇、茄子、黄花……

这些新鲜的蔬菜，似乎是刚从田地里采摘下来的一样。大概是因为我真的饿了，看到这些东西不禁食欲大增。

老板临时搭好了雨棚，让我们坐在里面，小小的空间，感觉十分安稳、踏实。我们点了很多食物，老板都加了辣椒。

"你平时吃辣的吗？"我说。

"嗯。"

诗涵是南方人，她说自己习惯吃辣。这似乎与我不谋而合。

雨水打在棚子上面，发出滴滴答答的声音。

老板把烤好的食物陆陆续续地摆上桌面，热气腾腾。中间，我从背包里拿出那本《情人》递给她。她感觉有些意外。

我们又说到了这场雨。

后来就再也没有说话，只顾闷头吃着自己的食物。我坐在她的侧面，桌子是圆的。在惨淡的光线下，昏黄的光线勾勒出她的脸颊，我凝视着她，她安静的样子让我暗自心动。

在这里停留了很久。

我听见外面的雨声渐渐舒缓下来，夜色恢复了宁静。空气也变得更加清爽透气。

"诗涵，我们走吧。"

"嗯，走吧。"

她微微点头。

回来的时候，我休息下时间，刚好九点半。

我送诗涵回宿舍，她走在我的右边，偶尔转过脸注视下我。我们的步幅几乎一致。

她把雨伞收好，轻轻甩开上面依附的雨水。路边的大树依然沉浸在迷雾之中，从树下经过的时候，偶尔会有水珠兀然落下，浸入皮肤，十分冰凉。

那天，她穿着连衣裙和平底鞋，黑色的裙子，有细微的褶皱。我们经过那栋红色的房子，因为那里是去她宿舍的必经之路。

中间要又经过翠绿的草地，一段铺有石子的小径，以及稀疏的丛林。两边低矮的杂草浸湿了她的小腿，以及鞋子。

"雨水打在身上，好冰凉哟。"她感叹道。

"是啊，因为是晚上嘛。"

"我很少走夜路。"

"尤其是雨天走夜路，我总会想起小时候的事情，大概是因为经历了类似的场景。"

我突然联想到很多年以前的事情，暗自想起童年的那些珍贵时光。仿佛触手可及。前面便是学校的图书馆，上面还亮着灯。那些高大的树在灯光下散发出幽暗的光泽。

后来，我们又说起了那本《情人》，关于小说的诸多事情，她似乎对这本书情有独钟。

"我看过这部小说改编的电影，里面的主角是梁家辉。"她告诉我说。

"这部电影好看吗？"

"我觉得不错，珍·玛奇在这部电影中塑造的少女形象深入人心。"

我对她所提到的事倍感好奇，同时也为自己浅薄的阅历感到惭愧。后来也提到了别的作家。包括但丁、博尔赫斯、三岛由纪夫，以及苏童。她似乎并不喜欢莎士比亚，不喜欢繁复、拖沓的东西，包括文学。

我们走得很慢，时间白驹过隙。

一直从街上走到她宿舍楼下，然后与她告别。她微笑着向我说再见。

那是我第二次见到她。她转身离开时的笑容仿佛永恒地定格在我的脑海与记忆之中，无法忘却。

在学校，我依然每天画画，重复同一件事情。

我所学的专业是设计，确切地说应该是室内设计，但我由始至终对它不感兴趣。当初填报这个专业，无非也是考虑到就业的问题。

很多时间我都花在别的事情上面。比如说画画，写作，恋爱，旅行。在我那间狭小的长方形的房子里面，四周的墙上都是我以前的作品：油画，素描，以及速写。

我对一件事物的接纳或判断似乎是偏执的。这种内心格局的形成，像是天性，与生俱来。

我住在羽毛球馆的那间房子是一个朋友给我找的，他叫唐辰。他对音乐和运动充满热情，所谓物以类聚人以群分，大抵就是如此。他有很多志趣相投的朋友，但我不同，在兴趣上，我与他似乎没有任何交集。至于音乐或者运动，对于我而言，也只是不排斥而已，并没有给予太多情愫。

因为是学校的房子，所以根本不存在房租这一回事。我之所以能光明正大地住在那里，也只不过是打着开油画工作室的幌子。我想画画，找一个安静的地方画画。

而事实上，就是这样。

平时总有一些上去打羽毛球的人，其中包括学生，还有校外的人。他们隔三岔五地来这里打球，轮换上场，充满激情。

有的时候，他们会好奇地来我的房间参观我的作品，对于他们而言，画画似乎是一件极其奢侈而且冒险的事情，既要付出财力，又要花费大量的时间，因此很不值得。

我却从不这么认为。

很巧，自从上次和诗涵见面之后，我给她打过几次电话，彼此之间仿佛没有顾虑和隔阂，聊得投机，她亦乐意与我倾谈内心。

有时候，我们说很长时间，忘却了身边的事情。其中一次，因为通话，结果延误了上课的时间，已经迟到了十分钟，我匆忙地挂了电话，气喘吁吁地跑进教室，很多人都注视我，我顿时感觉自己像是逃犯那般狼狈不堪。

而在现实生活中，我并不是一个健谈的人，但遇见诗涵之后，我发觉自己像是突然变了一个人似的，仿佛逐渐变得开朗起来。我的生活圈子其实很狭窄，有着几个固定不变的朋友。诗涵是坚持与我通电话的人，无论在哪里，我总会和她保持联系。

有时我在想，如果生活丧失了语言，不知道会是如何？

以前看过一部日本电影，名字叫《恋空》。其中，男主角说，想与你取得联系的人，自然会打电话给你。所以男主角删掉了他手机上的所有号码。后来，我在广州的一个书店，发现了这本书，作者是美嘉，突然觉得欣慰，就如同遇见了熟悉的人。

记忆之所以深刻，是因为掺杂了自己的部分历史，我想。

凌晨通电话。这像是我和诗涵之间保持的一种习惯，如同各自厮守的某个秘密。我们总是在夜深人静的时候对着电话，向对方告知自己内心的种种困惑。

在电话中说话的内容是没有头绪的，语无伦次，喃喃自语。往往会在电话中越说越清醒，思维开阔，无法中止。尽管有时身体困乏，疲惫，但内心始终存在一种归属感。从拿起电话到最后挂机，通话结束，头脑处于一种半清醒半朦胧状态。

诗涵时常是无意识地与我在通话过程中睡去的。在电话里说着说着，声音戛然而止，自然过渡，进入睡眠。我们之间发短信的时间不多。她觉得发短信是一件麻烦的事情，而且三言两语无法阐明自己的想法。

因此，电话交流便成为我和她之间一种不可取代的方式，就像搭建在彼此内心的一座桥一样。

有一个听众，固然是好的。

诗涵学的是历史专业。她们的教学楼是一栋红砖结构的老房子，墙上已经蔓延了密集的藤蔓植物，四周种了很多杨树和玉兰。每到春天，这里的玉兰花便陆陆续续地绽放，一夜之间，枝丫上便挤满了素白的花朵，花瓣硕大，清香四溢。花朵的绽放给那些经常从这里路过的人一种出乎意料的惊奇。

那栋红房子在远处看就像一座复古的别墅。有时候，我从外面回来，经过树影下面一条小径，在树下总感觉有风。到了夏天，平时会有很多人在这里看书，聊天，乘凉，听音乐。这里就如同一个幽静的秘密花园。

有时上英语课，我们也会临时去那栋红房子上课，因为有时的课程与别的老师冲突，都安排在同一个教室，所以老师就临时做了调整和变动。

那栋红房子仅有三层，墙面淡绿色的粉漆已经开始脱落，四处斑驳。地板采用原木，表面已经被时间打磨得光滑平整，走在上面会发出咯吱咯吱的响声。由于房子的构造很紧密，再加上周围环境的影响，使得里面的光线变得格外阴暗，就像古堡一样充满着神秘。

唐辰说那里像是革命旧址，原因大概是它的构造和颜色有些接近那个时代的特质。有时遇见下雨天气，只好把室内的灯打开才能正常上课。我们的英语课除了星期四以外，几乎每天都有。

有一次上完英语课出来，我去图书馆看书，然后在阅览室遇见诗涵。

见到她时，她安之若素地坐在靠窗的位置，在阅读一本书，眼睛注视着书上的文字。在里面看书的人不多，宽阔的房间里面，熙熙攘攘坐着几个学生，空荡荡的，没有声音。

下午的阳光从外面散落进来，在地上留下一片光斑，室内被阳光衬托得格外温暖明亮。

诗涵并没有及时发现我。她的眼睛依然停留在那本书上面。仿佛被里面的情节深深吸引住。

"诗涵。"我在后面轻声呼喊她名字。

她缓缓地转过脸，把沉浸在书的意境里面的那种寂静的眼神缓缓转移到我身上，略显惊讶。阳光轻柔地勾勒出她清秀的轮廓，瞳孔折射出清澈的视线。

我依然看着她。直到她确定说话的人是我，然后从口中轻轻地念出我的名字。

"良君也在这里啊。"

"是啊，我刚过来。"

"来借书吗？"

"恩，我在找博尔赫斯的书。"

"哦，他的书应该很少。我也很喜欢他的写作风格，神秘而且深刻。"

"他的题材很玄妙，写的都是生活以外的东西。"

"是啊，我想他在现实中，应该是个神秘主义者吧。"

"大概是这样。"

"他写的短篇小说，确实很出色。"

"我也是因为看过那篇《小径分叉的花园》，才开始喜欢这个作家的。"

我们简单谈及了博尔赫斯。

从图书馆出来之后，太阳西斜，远方呈现出一片瑰丽的晚霞。也到了吃饭的时间，到处都是下课的学生。

我提议出去吃些东西，她欣然答应我的请求。上了一下午课，着实感觉到肚子有些空乏。图书馆离校外很近，从那里可以直接看见大街的人流及车辆。

我们在街上一个不显眼的餐厅里，选了一个安静的角落，面面相对。

老板跟我打了照面，然后配送了一壶花茶，用茉莉泡过的茶水，喝起来清香扑鼻。几乎每次来这里都会喝到这种花茶，仿佛已经成为某种习惯。

我们开始谈话，交流诸多话题。谈论失眠，谈论自己喜欢的音乐，谈论某些小说的从容与优雅，但并不涉及作者本身，就像我们对自身一样漠不关心。

"人们阅读文学作品，或者其他，看自己喜欢的读物，就像在寻觅一面镜子，可以借它来看清自己身上存在的诸多不足；也或者是对号入座，与作者内心产生某些方面的共鸣。"她说。

"是这样的，但对于我来说，或许是处于自身的创作需要。"

"你以后打算当作家吗?"

"以前有过这个想法。"

"那就不要放弃。有梦想是一件很光荣的事情。我上高中的时候也写作，不过那些文字都属于私人范畴，只是单纯地记录有过的心情，写给自己看。"

她告诉我说她以前也尝试写作，持续了一段时间，但最终放弃，不再与文字有染。那时她念高中，写下的青涩文字，几乎是内心的直白，真实而直接的感受。这些文字像是她埋下的种种秘密，藏在苍白的纸张下面，无法向任何人倾诉。

直到后来某一天，她突然终止了书写这件事情，如同戒掉了生活中的某个习惯。终止了这种把感情寄托于文字之中的虚无游戏。

"真正的写作，是一种病态的投入。只有这样，才能写出好的作品。"她说话的语气显得有几分冷淡。

"你为什么放弃写作呢？"

"我想，只有终止这件事情，才能从记忆的阴影中走出来。回忆有时是一件痛苦的事情。写作也是。"

"写作就像未知的恋情，太过用力，便会伤及自己。"我解释道。

后来我才知道，她以前写作是因为一个人而开始的，而放弃写作，也是因为这个人。这个人存在于她的记忆之中，如同阳光与影子，一半明媚，一半阴郁。

她所说的这个人叫潮汐。那是她的初恋男友。

高二那年，诗涵认识他。中间，学校组织了一次期中考试，诗涵和他分在同一个考场，他坐在她的后面。潮汐进考场之后，便向四周的课桌上打探了其他同学的考生信息，其中便有诗涵的名字。这两个字，仿佛瞬间印入他的脑海之中。

等诗涵走进教室，坐下之后，他便主动与她搭讪。诗涵是全班公认的三好学生，学习成绩在班上遥遥领先，而潮汐却正好与之相反。

离考试结束的最后半个小时中，潮汐因为抄袭诗涵的试卷而被监考老师发现，随后便没收试卷，并记下他们的准考证号和名字。

这件事立即传到各自的班主任耳中，班主任也私下找了他们进行谈话和批评。除此之外，班主任要求他们以书面的形式检讨自己的行为，并把检讨书贴在教学楼下面的公告栏上。

这样一来，他们两个人在学校被传得沸沸扬扬。尽管潮汐在老师面前执意承认是自己作弊，说整件事与诗涵无关，但她还是因为被误解而落得的委屈暗自掉下眼泪。

这件事过去之后，潮汐仍然由衷感到一种亏欠和自责，他想找个时间当面向诗涵认错。可是，诗涵却并不想见他，她只想尽快忘记这件事。因为这件事的影响，使得她的成绩明显下降很多。

她也意识到了这点，所以她尽可能地不去想这件事，希望发生的一切都成为往事。但事与愿违，她越想忘记，越是记得深刻，甚至包括潮汐的外在形象和性格，都清晰存入她的脑海之中……

但是，事情也发生了微妙的变化。

大概还是因为潮汐的真诚和坚持感动了她，她也渐渐接受他的道歉。因为她不愿与之见面，所以潮汐只好写信，并让诗涵班上的同学转交给她。

两个月过去了。

诗涵几乎每隔两天都会收到他写给她的信。她很清楚潮汐的用心良苦只是为了得到自己卑微的原谅，而她也并非不懂事理之人。

最终，诗涵还是决定就此妥协，并答应他，与之见面。

那天，他们约在学校的食堂碰面。因为吃饭的人多，所以不会感到突兀和尴尬。但潮汐在学校的"坏孩子"形象众所周知，也算是学生群体中的"公众人物"，自然避免不了惹人耳目，谈论是非，以至于走到哪都会成为被大家关注的焦点。

只是潮汐再次见到诗涵，却表现出内敛、含蓄的一面。他仿佛从她身上寻觅到自己性格上的某种缺陷。他并没有说太多话，只是简单提及了之前发生的事，他再次表示歉意，并把自己提早准备好的礼物送给她，诗涵不好意思收取，但潮汐执意相赠，她最终只好收下。

诗涵回到自己宿舍之后，打开那个礼品盒，里面放着一本绿色封面的书，是杜拉斯的随笔集《写作》。作者在书中写道：写作的孤独，是这样一种孤独，缺了它写作就无法进行，或者它散成碎屑，苍白无力地寻找还有什么可写……

她仿佛被书里的某些句子触动了内心的情感，而随之产生写作的想法。这种感受与书中的描写不谋而合，她第一次在阅读中寻觅到某种未曾拾得的快乐。

后来，她给他回信。

在信中，她亦用真诚的文字告诉他自己的所思所想以及最近对文学产生的某些看法。另外，她也流露出对潮汐的感谢，因为他送的那本书让她有了写作的念头，这对于她而言，是件可遇而不可求的事情。

潮汐收到信件的喜悦似乎远远大于诗涵开始写作的喜悦，而这也是潮汐认识诗涵的开始。

两个人的书信往来愈发频繁，有时甚至一天写几次信给对方。当然，中间彼此也见过几次面。潮汐很清楚自己对诗涵的爱慕有增无减，只是他始终没有将这种切肤的感受告诉她。他怕失去这份来之不易的感情，所以他宁可选择沉默。

直到诗涵生日那天，潮汐才正式向她表白。那天，他和往常一样给她写了封信，说下晚自习后在学校的超市门口等她。

学校的夏夜依然是喧嚣的，昏黄的路灯，成群的学生，打破了夜的寂静和幽凉。

潮汐拎着一盒生日蛋糕和诗涵并排行走在学校的马路上，两个人拉长的影子在灯光下，就像是延伸在时间中的记忆。

在学校礼堂后面的草地上，两个人面对面坐着，月明星稀，夏意正浓。她怎么也没有想到，自己的生日会在这里度过。

离开的时候，潮汐亲吻了她的额头。

他们大概也就是从那个时候开始交往的，诗涵正式成为他的女朋友。而对于"谈恋爱"这件事，在学校却像是一个明文规定的禁区，即使在学生中存在这种现象，也还是有所隐晦。

潮汐每天下完课之后都会去诗涵的教室后面等她，然后一起去食堂吃饭。这种陪伴，渐渐地成为一种不可替代的习惯。

潮汐是一个热爱运动的人，喜欢跑步和打篮球。而至于诗涵，却偏向于文静的类型，平时喜欢阅读书籍，或者听流行音乐，但这似乎并不矛盾，诗涵愿意陪他去球场打球，或者在旁边做一名忠实的观众。

有时下晚自习后，他和诗涵便去操场跑步，结束之后便坐在台阶上休息，而诗涵习惯从口袋拿出自己的 MP3 播放音乐，把其中一只耳机分给潮汐。

她觉得，喜欢一个人，关于他的一切都是好的。

之后的半年时间，他们一起度过了难忘而且美好的时光。他们和其他情侣一样，在学校形影不离。

有时，潮汐去诗涵的教室找她，总有一些男生纷纷投来羡慕的眼光，他打内心也很珍惜眼前的这份感情，尽管他无法预知以后会是怎样，至少他觉得现在和她在一起很快乐，仿佛没有什么比和她在一起更快乐了……

诗涵有时去图书馆，让潮汐陪她去。

他知道诗涵喜欢阅读文学书籍，便抽星期天的时间去街上的书店，他想买一本书送给她，但又不知道选什么类型。最终挑了一本小说，是普鲁斯特的《追忆似水年华》。他只知道这本书很有名气，但其实，他连作家是谁都不知道。

这是他送给诗涵的第二本书。

他们交往以后，平时见面的机会自然多了，而书信往来却减少了，但诗涵依然坚持写日记，把每天的心情及感受通过文字的形式记录下来。这本日记，像是她的一座秘密花园。

她想，即使以后分开了，这些时光存在于记忆之中，也是美好的。

也许是因为恋爱的缘故，他们觉得高中水深火热的时光并没有想象中的那样难熬。两个人在这种情感的维系中似乎忘却了时间本身的存在，以至于那些灰暗、压抑的时光相形见绌，并不明显。

直到高中毕业，这份感情始终保持着最初的形状。只是，现实冷漠地让之画上句号。

诗涵不负众望地考上一所大学，而潮汐最终落榜。这个结果，其实早已在他的预料之内。但他也不想就此放弃，毕竟这份感情来之不易。

自从高考成绩公布之后，潮汐的情绪始终处于低落的状态。他觉得自己配不上和诗涵在一起，他对自己的能力和态度产生怀疑，甚至包括自己的人格。很多时候，他想到了放手让她走。他想，只有这样，才有给予对方幸福的权利和可能。

那个暑假，潮汐一个人在家，哪里都不去。他的心情就像八月的天气一样焦躁，不安，他不知道接下来该如何开口，如何向诗涵告别。这个结局顿时让他感到心灰意冷。

诗涵开学的前一天，她和潮汐约好在电影院见面。那天上映的片子是《暖春》。

他们坐在边角的位置，昏暗的光线有时闪现在脸上。彼此无言以对，只是看着屏幕上的画面不断轮换，却不知对方此时究竟是怎样的心情。直到后来，他转过脸注视她，发现她早已湿了眼眶。

他不知道是电影情节打动了她，还是即将分别的伤感淹没了她，只知道她在黑暗中掉了泪。他们一起度过的那些时光是短暂的过渡，如同电影。现实和结局一样，隐藏着无限的悲凉。

……

这些事情，诗涵后来才告诉我。我并没有为之感到惊讶。

初恋，是一种深刻的体验，它留给我的阴影开始让我变得畏缩，胆怯，被动。甚至对爱情充满失望。就像一只受伤的兔子。中间，有几次也遇见几个女孩，她们欣然与我接近，但到最后，我依然无动于衷，因为我觉得感情的事终究无法牵强。

我觉得爱情，就像调酒，只有用适度的配剂及分量，搭配相应的杯子，才能调和出最完美理想的佳酿

直到后来，我认识了诗涵。

起初，我对她一无所知。她给我的最初印象就是一个性格清决的人。没有任何特别之处。只不过，在她的眼神中，似乎沉淀着一种难以琢磨的冷静和睿智。这也许是交往的时间不够长久，

对彼此的认识，好像存在着一个小小的空缺，需要时间去逐渐弥补。

我们的性格中掺杂着孤僻的成分，或多或少都有。因此基于某种意义上的相似，我乐于和她交谈。谈到的内容涉及文学，电影，音乐，以及计划的下一次旅行。明朗理性的诸多话题。

谈话让我们感到愉悦和顺畅，让我们有一个不受限制的空间可以延伸自己的思维，让我们觉得还有更多的时间可以做更多的事情。

直到认识诗涵，她的出现仿佛打开了我心中那扇阴暗的门，阳光渐渐透进来，顿时明亮，而且温暖。

那个时候，我把更多的时间消耗在画画和写作这两件事情上面，依然坚持以书面形式进行写作。用纸，用墨水去写。消耗大量的时间及体力，不分日夜地写作。有时会觉得自己的时间根本不够用。

白天画画，晚上写作，这样交替而且重复进行。仿佛存在着不可收拾地病态倾向。

在我那间狭长的小房子里，我买了一盏新的台灯，有时会不知不觉地从黑夜写到天亮。长期写作的人，无法与外界沟通联系，需要全力以赴的投入这件事情当中，不可拖延，不可怠慢，就像用尽所有力气去拉一个弓弩，储备精力，蓄势待发。

有一部分文字，我传到了网上，诗涵上网看过我写过一些东西。对此，她也产生了自己的看法。

她说，你所写下的故事，所呈现的意象给人一种捉摸不透的幻觉，宛如梦境。故事里出现的那些人，彼此猜疑，心照不宣。结果在故事的开始就已经注定……

这只是在网上。

在生活中，我从来不向任何人提起我写下的东西，只字不提。我尽可能地阅读更多的书籍去弥补写作的缺陷和空洞。

那个时候我最喜欢的作家是歌德和卡夫卡。有时候上公共课，实在过于无聊，于是我便在下面做与课堂无关的事情，看小说，发短信，诸如此类。

有时，我觉得诗涵说的那个男人就是我自己。

大二时候，我与莉汐分手刚好一年。从内心来讲，我一直沉浸在分手的影子里面，无法脱身。直到后来认识了唐辰。我认识他，是在学校举办的大学生原创作品大赛上。

那天，我去了艺术学院下面的大厅，见到了他也在那里欣赏油画。我们被同一幅画吸引。那是一副少女的肖像画，画面的女孩穿着浅蓝色的裙子，眼神平静而且坚定。

最初，我以为他也是美术生，便上前和他搭讪。说到绘画的诸多看法。后来，我才知道他学的是音乐。

看完展览之后，我和唐辰一起去学校外面吃饭，在巷子里的餐馆吃饭。我们坐下之后，他从外套里面拿出烟，递给我一支。我犹豫了下，然后顺手接过来。白色烟雾穿过喉咙，我感到这股浓烈的烟味辛辣刺鼻，于是便开始咳嗽。

自从认识唐辰之后，我开始学会了抽烟，渐渐地养成了一种习惯。无论走到哪里就会记得带上一包烟。他沉溺网络，酷爱摇滚。除此之外，似乎没有太多爱好。

而至于这两件事情，在其他同学眼中就是不务正业。唐辰说他其实挺羡慕我的，至少有那么多喜欢的事可以去做。

那年我搬到外面去住。房子租在学校后面，走路差不多十分钟的时间。房子很新，刚建不久，里面残留着油漆特殊的气味。一室一厅，有一间很小的厨房和卫生间。我买了一盆翠绿的吊兰放在房间。里面除了电脑、衣物、书，其他的就是平时画的画，其中包括油画、素描，以及水粉。因为房间小，所以我觉得格外充实而且安全。

我之所以选择住外面，是因为有足够的空间可以做自己喜欢的事情。而画画和写作两件事，对我至关重要，它们就像是与自己交流的一种方式。我的生活需要它们才不会枯萎。

唐辰经常过来找我。

他喜欢抽烟，有时在我的房间，到处都是他丢弃的干瘪烟头，地上一片狼藉。每次见到他的时候，总是一副睡眼惺忪的面孔，胡须不刮，头发不剪，鞋子脏了也不及时换掉。

大概是因为习惯了这样，他便觉得无所谓。

我在一边看书，电风扇发出呼呼的声响。他有很多习惯似乎只有我才可以忍受，但这并不影响我们之间的交往。

我最初与他交往，有很多人明显是反对的，包括老师。他们说我迟早会被他带坏，而且和他沦为一类。懒惰消极，不思进取，这是老师对他的直观评价。

而他在我眼中，却是一个重情重义的人，因此我乐意与之交往。

我们的公共课和唐辰在同一个大教室里，教室十分宽敞，几百个人坐在一起，像个庞大的会议厅一样。他每次总是姗姗来迟，趁老师没注意的时候便从后门溜进来，理所当然地坐在最后，目的就是为了可以心安理得地去做其他事。看课外书籍，玩手机，听 MP3，或者趴在课桌上睡觉。有时也会悄悄溜出去抽支烟，然后慢悠悠地走回来。

在唐辰的脑海中，似乎没有时间这个概念，旷课逃学，时有发生。对于他而言，上大学是种名副其实的浪费。

很多时候，我和唐辰形影不离。

星期天，我和唐辰去外面的娱乐城打桌球。他对这项运动一窍不通。我教他如何持杆瞄线，以及摆球。我和他连续打了两局，他把剩下的那些球打进洞门，然后心满意足地放下杆。他觉得技法简单，索然寡味，因此显得漫不经心。这是心理作用。

与其相比，他更喜欢去唱歌，那是他的强项。几次去KTV，整整唱一个下午。他点自己熟悉的歌曲，有时把一首歌重复唱几遍，直到发腻。我选粤语歌曲，点张学友的一些老歌。音乐映衬着人的心情。有时突然听到一些熟悉的旋律会为之动容，或者伤感。

唐辰说我有念旧情结。

我说，是因为我的内心已经渐渐迈入苍老，并不是别的。

五一假期，我决定和唐辰去武汉，另外还有庆森。他和我同一个专业，都是艺术设计。只不过我们的教室并不在一起。他和我一样，不喜欢受任何事物的牵制，对自己的专业漠不关心，而真正喜欢的事情却往往与专业毫无瓜葛。他喜欢恋爱这个过程，交不同的女朋友。

这也许跟他的成长因素密不可分，他从小接受严格的教育方式，家庭环境也算优越，母亲是一名中学教师，父亲是一名财政公务员。和谐美满的一个家庭，也许正是因为父母对他的期望太大，反而让他产生了一种抵触、逆反的情绪，正是由于这种情绪在内心不断地扩张，占据，就像毒素一样渐渐腐蚀着他的内心，从而使他变得十分叛离、偏执。不想受到任何东西的约束和捆绑，所以，他一直生活得洒脱，无拘无束，活在自己的世界。

但对于他身边的那些爱他的人而言，这不得不算是一种自私。

我们从学校坐车去火车站，然后买票上车。进去之前，庆森顺便在商店买了几瓶纯净水分给我们。

到了武汉之后，我们去参观辛亥革命纪念馆、黄鹤楼、户部巷，最后到达江滩的时候，阳光开始变得浑浊，昏黄的余晖洒在江面上。我坐在台阶上面，顿时感到疲惫不堪。我们决定在武汉过夜。

在街上挑了一间廉价的旅店住下。把东西放下之后，便倒在床上。

醒来的时候，窗外已经漆黑如墨。不知不觉地睡了好几个小时，却浑然不知。电视机竟然没有关闭，依然有轻微的声音向四周蔓延。

我去洗手间洗了把脸，回来把他们叫醒。觉得肚子实在太空，于是我提议下楼买消夜。

已经是凌晨。

楼下的那条街显得格外冷清，行人稀少。走了很远一段路程，才找到一个小餐馆。

桌子摆在外面，我们要了老板推荐的铁板饭，另外要了啤酒。空乏的胃逐渐被填满食物，这一过程让人变得格外踏实。

唐辰坐在我的旁边，他的脸在灯光的照射下显得憔悴不堪，他从口袋拿出烟抽。我喝了一杯冰镇啤酒，感觉全身凉飕飕的。

"好像有很长一段时间没有见到莉汐了。"庆森看着我说。

"我们已经分手了。"

"为什么？"

"我不知道，大概是因为感情淡了，彼此之间有了距离。"

"确实有段时间，没见你们在一起。"

"嗯，我现在一个人。"

中间，各自陷入短暂的沉默之中。庆森看着远处呼啸而过的车辆，像是陷入了思考，似乎想起了什么事情。

我们周围一片寂静，昏黄的灯光笼罩在我们身上。除了偶尔路过的车辆带来的噪音以外，没有行人。夜色渗透着切肤的荒凉，宛如深海。

莉汐和我相处的时间并不短，而我身边的朋友都目睹了我们恋爱的过程。大家都觉得她是一个不错的女孩，包括我。只是我想不明白，我们为何分开。

唐辰递给我一支烟，然后点燃。我深深吸了一口，把烟雾吐在空中。这个时间，让我反思了我们的恋情。询问自己原因，却找不到答案。唯独可以证实的是，我们回不去了。

"那你打算放弃吗？"唐辰随口说道。

"事实告诉我，必须这样做。"

"唉。"

"你叹什么气？"

"就是觉得感情太脆弱，太单薄。"

"事到如今，已经无法改变，我唯一能做的便只有接受。"

"感情的事情，很难界定对错。"庆森随之露出无奈的表情。

"事情过去了，就不说了。"

我突然想到莉汐曾经与我度过的那些时光，内心涌起一阵酸楚。大概是对过往的亏欠与自责。

"是啊，说不定还有更好的人在等着良君呢？"唐辰轻松地说。

"干杯。"

我举起杯子，一饮而尽。

晚上，三个人住在一间房间，中间摆着一张大床，有一台液晶电脑和彩色电视机。我脱掉鞋子，平躺在素白的床上，感觉脑子混沌不清。

在房间实在无聊，唐辰提议找一部电影来看，我们十分赞同，选了一部日本纯爱电影，名字叫《等待，只为与你相遇》。片子讲述的是三个人之间的恋情，花梨喜欢上佑司的朋友，智史。情节围绕童年的约定与现实的相遇进行渲染。

电影画面十分纯净，情节的过渡很平淡，自然地切换到另一个画面。我们围在一起盯着屏幕中的画面，面无表情地欣赏。

看了一半，他们觉得乏味，便暗自睡去，我依然坚持把这部电影看完。电影结束的时候，我看了下手机上面显示的时间，已是深夜两点。后来我觉得那个故事的某些情节就像是在描写我们。

躺在床上，脑海中开始浮现诗涵的面容。

第二天，唐辰独自去汉口看望他的高中同学，我和庆森坐车去了湖北美术学院。庆森告诉我说这是他梦寐以求的学校，因为高中专业考试的原因没有顺利通过，但他说自己并没有放弃画画。

我们去参观学校的画室，里面宽敞明亮，到处都是林立的画板，以及雪白的石膏头像，地上因为残留着颜料而显得斑驳不堪。

我们去的时候，学生午休，画室里面空无一人。画板上张贴着对开的素描习作，上面画的是大卫，雪白的全身石膏像，标准而英俊的男子。他的体型匀称而且健美，所以一直被人们反复临摹，刻画。

看着雪白的石膏模型，不禁让我回想起去年的时候。

......

那时，我们还在老房子里面的画室画素描，描绘的对象是伏尔泰。学过美术的人都知道，那个瘦骨嶙峋的老人头像画起来十分艰难费力，再加上炎热的天气，更是让人躁动不安，根本无法静心去画，于是我拿出手机，躲在画板后面给莉汐发信息。我想让她陪我出去走走吧，我心里莫名地发慌，感觉自己实在画不下去了。

我给老师编了一个理由，说自己的肚子不舒服，就这样放下手中的铅笔，然后从画室走了出来。

我到了学校门口，发现那里根本了无踪迹，没有人影。我正垂头丧气地打算离开的时候，莉汐从楼上慢条斯理地从后面走过来，她穿着过膝的白色连衣裙，凉鞋，正迈着碎步向我这边靠近。

"说吧，你打算去哪？"她若无其事地看着我说。

"去酒吧，我想出去走走。"

"现在？"

"是啊。很奇怪吗？"

"白天去酒吧，奇怪。"她微微皱了皱眉头，感觉有些惊讶。

她凝视着我的眼睛，然后神采奕奕地走在我旁边。我总觉得我们两个像是越狱的逃犯，怀着不安与恐惧在学校里面游荡，心想万一被老师识破我们的计谋就后悔莫及了，于是我们快速地离开了校园。直奔酒吧。

我们坐出租车去附近一个小酒吧。因为学校附近着实找不到那种消遣的场所。而最多的也就是网吧、餐馆、超市、理发店……

在车上，她突然安静下来，车厢寂静无声，倒有些不习惯。

我无意中看见了她手上的一道细长的疤痕，突兀地显现在她白皙的手腕上面，像鱼的脊背。

"你手上的疤痕是怎么回事？"

"你说这啊。"她用手指了指。

"这是高中时候留下的纪念，自己用小刀划破皮肤留下的伤痕。"

"原来你以前这么叛逆啊。"

"嗯，我死过几次，能活到现在，完全是上帝给予的恩赐。"

她说话的口气始终是平淡的，宛如流水，没有波澜。

那个酒吧在一个不起眼的地方。规模不是很大，生意也很冷淡，似乎没有什么客人前来光顾，也许是还没到时间吧，毕竟还是下午。

我们坐在最里面的位置，感觉天已经快黑了，光线十分黯淡。服务生拿着酒水单，彬彬有礼地走过来，问我们要些什么。我看了下她。

"你怎么突然想到喝酒了呢？"她转过脸问我。

"我实在画不下去了。"

"画的是什么？"

"伏尔泰和罗马青年。"

"我们比你们好多了，我们现在画静物色彩。昨天，老师又买了新的衬布和水果，看起来就想画。"她露出笑意。

等她说完，我的目光依然凝滞地看着她。恍恍惚惚，感觉像在做梦。

我们光顾着说话，似乎忘记要点什么东西。我询问她的意见，于是要了两杯白兰地，放了苏打和碎冰。晶莹剔透的冰块放进酒里之后，便渐渐地融化开来，酒的浓度随之降低，颜色日渐透彻，喝起来不再那么辛辣刺鼻。

外面传来嘈杂的声音：人声、车流、音乐、噪音……

　　不知道为什么，那天下午我们坐在酒吧，似乎忘却了时间，也许是因为那些缠绵悱恻的音乐吧。我们聊了很长时间，直到太阳渐渐隐去，天空由蓝变暗，夜色沉郁。

　　这其中，我们抽完了一盒烟，要了几次酒，后来还是醉了。酒精混合在血液里，身体仿佛灌满了灼热的浆液，即将迸发。

　　后来，她从对面坐到我旁边。

　　她宛如一只猫，安静地注视着我，眼神中悄然升起温柔的火，在缓缓向我靠近，仿佛将要让我融化。

　　我将她拥入怀中，彼此的心在柔情蜜意中交会。在拐角的那个冷清的酒吧里面，我们拥抱，亲吻，并且相恋。

　　离开武汉的时候，已是下午五点。

　　我和庆森在火车站前面的广场等候唐辰，直到他出现。我手中拿着一本新买的画册，这本书在书店找了很久才买到，是夏尔丹的作品集。我想回学校之后，画点古典风格的作品。

　　唐辰站在我旁边，一只手搭在我的肩上。庆森拿着照相机，为我们拍下几张照片。天空是阴郁沉暗的色调，四周人声鼎沸。那是我和唐辰唯一一张合照的相片。

　　上了火车之后，找到位子坐下。庆森靠在座位上睡觉，偶尔挪动下身子。

　　我不知道这是第几次坐火车，记忆是模糊的。仿佛从来没有，感觉异常陌生。已经忘了。只记得第一次坐火车是去广州，看望我远方的姐姐。在我买下车票之后，我打电话告诉她说，是晚上八点的车，大概明天上午到广州。就这样独自坐上火车，去一个陌生的城市。

　　这已是几年前的事情。

窗外的景色渐渐变得荒凉。阳光像冷却了很久的清茶一样隐退在云彩下面。音乐也渐渐地停了下来。我凝视窗外一闪而过的画面。灰色站牌、麦田、树、飞鸟、炊烟，以及稀落的房屋。它们迅速退后，然后消失。车厢很寂静。像空的一样。

车子一路行驶。

在轻微的颠簸中，渐渐地，我闭上了眼睛。

第二天，唐辰过来找我。

两个人无所事事地坐在我的房间，吹风扇，抽烟。我打开CD唱机播放音乐，陈慧娴的粤语歌曲。喜欢其中的那首《人生何处不相逢》。这首歌以前在一家地下酒吧听过。我们去酒吧的那天，十分拥挤，大多数人都是来买醉的，混入人群，寻欢作乐。

其中，有个女人穿着黑色连衣裙，衣服紧紧地裹着身体，口红分外浓丽，像血一样冰冷的颜色。说不出来究竟是为什么，她缓缓登台唱歌的那一刹那，让人怜悯，让人心疼。

中午，我在家做饭，在那间铺满深蓝色格子瓷砖的小厨房做一些食物，做饭比画画和写作更需具备耐心。对于我而言，这是一种考验。尤其是在夏天。每次做完饭从厨房走出来都是满头大汗，衣服汗湿。厨房有一面窗户没有玻璃。阳光直接透进来，映在地上，白得晃眼。

唐辰去超市买酒，买一种叫作白兰地的酒。他喜欢喝这种烈性酒，什么都不加。

等唐辰从外面买完酒回来，我已经做好了菜。番茄炒蛋、鱼香肉丝，这是我最擅长的菜。两个人吃已经足够。

吃饭的时候，我向唐辰提到了诗涵，轻描淡写地说了一些。仅仅是相识的那一过程，类似电影情节的哪一过程。他似乎很好奇，想有机会可以见诗涵一面。

过了几天，我打电话给诗涵，让她和室友小惠过来吃饭。她欣然接受了我的邀请。

那天是星期天，我出去买好菜，然后打电话给诗涵，让她们过来。

我做了很多菜，我突然想到以前商场做促销活动买的一瓶红酒，一直放在朋友的奶茶店里，我决定拿过来。

"良君，如果你再不拿走，也许就要过期了。"奶茶店老板开玩笑说。

"酒也会过期吗？"

"在这个世界上，没有恒久不变的东西。"他意味深长地说。

在回来的路上，我又想起他刚才说的话，觉得其中有一些道理。一切都存在于变化与无常的状态之中，包括爱情。

这是诗涵第一次来我住的地方，感觉很新鲜。

她穿着牛仔裤和白色短袖。她在房间来回走动，凝视墙上的画以及照片。那些照片是我用来临摹的，我从网上下载下来，然后拿到照相馆去冲洗成照片。照片很清晰，大多是后印象主义和文艺复兴时期的一些作品，包括塞尚和毕沙罗，是同一时期的两个画家。

夜色渐渐沉淀下来，我看见窗外的路灯亮了起来，散发着橘黄色的光线，绿的发暗的树。天空是深蓝色的，隐约可见的几盏星辰。

诗涵坐在我的床边。我打开桌子上的 CD 唱机放音乐，已有很长一段时间没有触及嘈杂的摇滚。

以前，我和莉汐在一起的时候，经常放一些迷幻的电子音乐，后来突然变得安静，买的那些唱片中，更多的是古典音乐。

有段时间，我很喜欢德彪西和肖邦的钢琴曲，古典曲风，时缓时快，感觉就像独自漫步幽静而神秘的花园。

蓝色格子床单刚刚洗过，散发出阳光温暖的气息，上面摆放着两本书。张爱玲的《怨女》，以及弗兰克的摄影集《美国人》。另外就是一些 A4 文稿。我以前写过的东西。我把它们打印出来，装订在一起，厚得像本书。

有时候翻阅自己以前写下的东西，就像是看另一个自己，感觉很陌生，似乎出自另一个人之手。

诗涵随手拿起那叠手稿，信手翻开，手指轻轻地覆盖在苍白的纸上。

"你经常写作吗？"她轻声地询问。

"都是以前的稿子，已经很久没写了。"

"为什么停止了呢？"

"大概是因为没有灵感了吧。"

"只要生活还在继续，灵感就不会终结。"她又翻开其中一页。

后来，我们又谈到了安德鲁、麦克尤恩，以及杜拉斯。谈论那个孤独优雅的法国女人。那个被现实和酒精摧残得面容萎靡的女人。我们拿他们的作品作比较。我们讲到了一些国外小说改变的电影。

"有一部电影叫作《看得见风景的房间》，片子很老，但意味深长，催人落泪。你看过了吗？"她说。

"没有，我想应该是部不错的片子。"

"嗯，确实不错。"

"电影和写作有相通之处，杜拉斯很多作品都运用了电影的手法。"

"你喜欢杜拉斯的作品吗？"

"谈不上喜欢，看过一些。"

说到后面，两个人突然停下来。她看着我，然后慢慢从脸上展开笑容。后来一直没有说话。

我去厨房做最后一道菜，清蒸鱼。唐辰和她们留在房间，他聊起自己高中发生的趣事，她们不时被他所说的话逗笑。

中间，诗涵从房间走出来接了一个电话。几分钟后便挂了电话，她走进我的厨房，她从后面看着我。

"没想到你会下厨。"

"这可是我的专长哟，我父亲可是厨师。"我停下来，看了她一眼。

我把那条鱼盛起来，放进一个干净的盘子里面，撒上葱花，然后和她一起回到隔壁的房间。

诗涵坐在我对面，背对着窗，透过窗可以看见夜色中的远山。室内的光线格外黯淡。我从旁边的桌子上把酒拿过来，小心翼翼地将瓶塞打开。

唐辰那天的表现出乎意料，与之前决然不同。他不断地帮她们夹菜，顺便给诗涵添酒。而在这其中，他没有抽一支烟。

诗涵喝了点红酒，脸上微微泛起了红晕，看起来十分可爱。她说红酒原来这么好喝。

我微笑地望着她。她的手指依然自然轻松的拿着高脚杯，轻轻地摇晃，细细地品尝着手中的红酒。我怕她会喝醉，便再也没有给她添酒。

吃完饭，我送她们回宿舍。在女生宿舍下面，与她们道别。看着她们上楼之后，我才离开。

回来的时候，唐辰站在阳台上，两手撑在护栏上面，目光呆滞地看着浓郁的夜空。满天繁星，在黑暗中泛着幽淡的光。入夜的空气依然沉闷不堪，没有风吹来。

　　我递给他一支烟，然后转身回去收拾房间。唱机里依然播放着音乐，莫扎特的第 20 号钢琴协奏曲。起伏的旋律，宛如流水，平静蜿蜒。

　　听完那首曲子，他回自己的宿舍。

　　我的房间突然变得格外空寂，只剩下我一个人。我简单地收拾了下房间，拉床单的时候，我在那个白色枕头下面发现了一个深红色的发卡。我知道是诗涵落下的，我把它放进第二个抽屉，就像收藏了一件珍贵的礼物。我想，如果等到彼此相恋，然后拿出来，亲手还给她，这样会显得有意义。

　　我躺在床上，看着窗外的天空。

　　校园宁静得像个荒废的公园一样，无声无息地沉睡在夜色之中。我看了几页书，然后进入睡眠，做了一个梦。

　　梦境里，出现了一条河，森林，还有铺天盖地的油菜花，在阳光下，花瓣金黄得有些耀眼。诗涵说带我去一个地方，我们沿着小路走了很久，后来只剩下我一个人。我站在原地，四处张望，打寻她的下落，但最终没有找到。一切都兀然消失了，只有天空还在，蓝得让人发慌……

　　这个梦是慢慢醒来的。

　　在清澈的阳光中，我缓缓睁开眼，又是一个明媚如洗的晴天。

　　我把桌子上的 CD 唱机打开，插好音响电源，音乐响了一段时间便突然断电，传出刺耳的噪音。我倒了一大杯纯净水。

　　外面的天空很蓝，明亮耀眼。阳光温柔地洒在窗台上，房间充满了油画颜料和松节油的气味，这种味道，似乎只有画画的人可以接受。

我拉开深蓝色的窗帘，然后坐在画架前面，继续临摹那副没有画完的肖像油画，画的弗美尔的作品——《戴珍珠耳环的少女》，但我发现自己根本静不下心来。我放下油画笔，收好调色盘，关上房门，然后下楼。

我想，这样的好天气，是应该出去走走，心情可能会比较舒畅。

在图书馆前面，我想起诗涵，于是拿出手机翻出她的号码，但始终没有拨出，直到合上电话。我朝她们宿舍楼看了下，然后离开。

我穿过街道去那个经常去的广场。熟悉的地方，而每次去却又是陌生的感受。我坐在光滑的石阶上，周围有几个孩子在相互追逐，脸上洋溢着愉悦的表情。

阳光从树缝中透下来，静静地覆盖在我脸上。突然觉得光线异常耀眼。马路上车辆呼啸而过，随之扬起一片灰尘。

一个人的时候，内心无法沉静。仿佛有太多没有头绪的事情需要去想去梳理。

在一家转角的 CD 店，我听见那首黯淡而熟悉的歌——*When you told you love me*。

我一直很欣赏那些拥有独立意识和性格的人。他们在自己的生活领域中来去自如，坚定自己的立场，遗世独立地做自己的事，却不受外界因素的侵染。如此生活，始终拥有自我克制的理性，因此，不会迷失在旁人的眼光及看法之中。

在现实生活中，我不向任何人谈论这个孤独的层面，除了写作，他们会成为我笔下最好的素材。我写下他们阴暗潮湿的一面。这是在很多艺术家身上可以寻获的一种特性，包括作家。

很多时候，这些细枝末节的人格被人们歪曲，忽视，或者遗忘。在杜拉斯的作品中，它无处不在。它们是一种痛苦而孤独的慰藉。如同天性。

我和诗涵之间有时也存在存在着某种距离，但这并不是因为客观因素的冲击，而是内心始终存在着种种猜疑及顾虑。对内心，对感情，对生活。这只是自己的事，就像是一种心理疾病，需要时间去医治。

所谓的交流，在很多时候，只是为了让对方更了解自己，同时也会是一种变向地索取。对别人了解得越深，自然顾及的越多，彼此拥有对等的位置与立场。

对彼此感情不确定，脑海中仅有一个人存在的概念，这个人可以随时走掉，销声匿迹，同时也可以被另一个人取代。

和诗涵见过几次面之后，我发现自己的意识开始发生潜移默化的转变。内心向着一束微弱的光，明明灭灭。这束光牵系着细微真实的感动。

对于爱情而言，这是一种困扰。

回来的时候，途中经过一座桥。这座桥已经变得残旧斑驳，一面通向市中心，另一面通向学校。我时常站在桥的中央，眺望远处的风景。房子、公路、农田、电线杆、铁塔，以及渐渐消失在远处的河流。它将穿过这个城市，最终流淌到另一个地方。

这个地方遗落了冰凉的回忆，关于这里所发生的历史，也就深深地印入内心，最终无法忘却。我想起曾经和莉汐在这里吹风，放烟花，看孤独的星辰。

她以前说，等到夏天来了，就一起去看海……

可是夏天还没有到来，我们已经分手告别。已经过去了一年，仿佛触手可及。

有人说，与你初恋的那个人，会被你永远记在心里。我想也许是因为分手太痛，所以关于彼此的记忆才会变得刻骨铭心。

分开后那一年，我的性格发生很大的改变，独来独往，记忆的阴影像是黑夜一样将我吞没。现在回忆起那些往事，亦觉得黯然。关于那个在我生命中出现的人，我再也没有提起。我宁可相信自己邂逅了一场灿烂而凄迷的烟火，定格了瞬间的美感。

在前面，我提到过她，她是我交的第一个女朋友，叫莉汐。我们交往了五个月，后来在电影院提出分手。电影散场的时候，她暗自落了泪。我们回到时间的原点，变成普通朋友。

她说，我们太年轻，无法承担爱的重量。

又说，我们是两个孤立的星球，最终只能顺应自己的轨道。

她总是有那么多恰如其分的理由可以阐明放手。我有时觉得这样也好，毕竟我们没有彻底将彼此遗忘。时间流逝，平坦蜿蜒，汇聚成记忆的河流。

时光树

即使一个人，也应该习惯。

八月。天气依然异常炎热，世界上的水仿佛被蒸发得所剩无几，走到哪里都一样。学校组织一次写生，地方选择的是江西婺源，沿途经过九江，景德镇。

走的那天，诗涵打电话让我出来。在宿舍前面的广场上和她见面。她把手里的那本书递给我，是张爱玲的《异乡记》。

"我也借本书给你，你正好可以带在路上看。"她微笑着说。

"是啊，谢谢。"

我接过书，然后注视着封面。这是一本游记体散文集。大致讲述的是张爱玲由上海前往温州找胡兰成途的所见所闻，文章写到八十页便突然中断，其中很多章节仿佛隐藏着很多未知或不明的暗示，等待读者自己去挖掘，探索，或发现。

张爱玲的书，我看的不多。

我和诗涵在男生宿舍外面的花坛边坐了一会儿。我看着她，感觉很亲切，仿佛我们已经认识了很长时间。

中间，我去商店买了两杯奶茶。她挑了原味，我选了咖啡。

"你要去多长时间?"诗涵问我。

"大概两个星期吧。"

"哦，真好。"

"我也是第一次去。"

"当美术生就是好呀，每年都可以出去写生，一边画画，一边旅行。"

"我还是喜欢一个人去。"

"那样，不会孤单吗？"

"不会啊，因为可以画画呀，这样就不会分心。"

"看来你真的热爱画画。"

诗涵喝了一口奶茶，脸上依然荡漾着微微笑意。

过了几分钟，旁边走过几个女生，然后突然停下脚步。她们过来和我们打招呼，原来是诗涵的室友。诗涵之前便和她们提到过我，所以她没有过多介绍。

随后，她便和她们一起离开了这里。

第二天，从学校出发，在门口坐上学校的大巴。我坐在靠窗的位置。车子渐渐地远离那个小城，离学校越来越远。

我打开窗户，凝视着外面的景色，看着大片大片的绿色稻田，那种清新的颜色映衬着心情，格外舒畅，庆森坐在我旁边。

外面阳光十分晃眼，我拉下窗帘，靠在后面的座位上。

车子晃晃悠悠，中间停下几分钟让大家上洗手间。庆森拿出MP3放歌，递给我一个耳机。音乐开始在我的耳边蔓延，如流水一般轻柔。

我从包里拿出《异乡记》，随之翻开几页，突然袭来一阵困意。我在轻微的摇晃中闭上眼睛。

对于我而言，这次写生有着不同的意义。

到达婺源已是下午五点，天色开始慢慢沉淀下来，直到变暗。

我们住在镇上的一个小旅馆里，三个人一间，房子陈旧，只有两层，楼上铺着木地板，上面依附着薄薄的灰尘。

　　房东是一个已婚的男人，为人谦逊儒雅，养了两只小狗，颜色分别为黑与白。他有一个乖巧可爱的女儿，在念小学。房东喜欢花花草草，院子里到处种满了各种植物。房东说花通人性，需要照料。我们去的时候，正是桂花盛开的季节，空气中似乎沉淀着桂花淡淡的清香。

　　在小镇，显然比学校安逸，至少获得一些时间上的自由。

　　白天出去画速写，几个人一组，去外面寻找一个合适的地方画速写，这是一门关于设计的基础课。这种能力的提升需要长时间的积累和感悟。

　　到了中午和晚上，便去固定的餐厅吃饭。每餐都少不了有鱼，是当地的一种红色鲤鱼，都是自己池塘养殖的，因此没有任何污染。这道菜的做法很简单，吃起来味道很淡，肉质十分鲜嫩，而且有姜丝的特殊香味。后来，回到学校之后，我也尝试着做这道菜让朋友品尝。

　　我每天都会起得很早，因为我觉得这样的机会实在难得，所以分外珍惜在那里的时间。

　　我收拾好简单的一些物品，包括简单的食物、水、画具，然后出门。庆森和我住在同一个房间。每天出去几乎都会叫上他，有时也有别人。我们去一个陌生的地方画画，画速写，画人物，或者风景。画画仿佛可以让人忘乎所以，忽略周围人的存在。

　　我们去一个叫理坑的村子。

　　那里保留了很老的建筑物，房子差不多是统一的式样，白墙黑瓦，雕花门窗，斑驳不堪的石板路。房舍坐落在河岸两边，中间有一座桥。我站在桥上面，手中拿着画板，其实我并没有画。我在观望着这个古朴端庄与世无争的小小村落，平静之中给予着无限美好。

　　在这种宁静安详的地方，让人感到心旷神怡，毫无欲念。仿佛在我内心深处也隐埋着这样一方净土，只是未曾挖掘。

直到莉汐从后面叫我的名字，我转过身，看见她一脸微笑地站在那里。

她穿着淡红色的裙子，上面有精细的绣花图案，是玫瑰的颜色。我喜欢这个颜色。深红。她的头发直直的垂在两边，在阳光下显得格外乌黑发亮。

莉汐是我们隔壁画室的学生，在学校经常碰面。我去过她们画室，看过她画的水粉画，画面颜色和细节都很出色。唯独不足之处就是构图，这大概也是她后来学摄影的原因。

"摄影十分注重画面构图，至于颜色倒是其次，因此通过摄影可以弥补绘画的欠缺。"她是这样说的。

她这种独到的想法让我觉得她和其他人不一样，至少想法不同。

她在班上也并不显眼，不是那种特别留意自己穿着和外貌的女孩，但无论她选择什么款式，什么颜色，似乎都很贴近她内在的气质。这点，她自己并不知道。

莉汐缓缓走到我的身前，手里拿着速写板和铅笔，头发迎风飞扬。

"良君，你在这里画画呀。"她突然说道。

"是啊，感觉这里的风景不错，就过来了。"

"可以看看你的画吗？"

"哈哈，还没有开始呢。"我忍不住笑了出来。

"我才不信呢。"

她嘟囔着，似信非信地看着我，于是，我把自己手中的那本黑色封面的速写本递给她。

她打开我的速写本，信手翻开几页，空白，上面什么也没有，除了她手指落在白纸上的影子。我看着她期待的眼神，心里不禁浮起几丝羞愧。

以前见到她，会觉得内心依然泛着疼痛，现在似乎没有了这种感觉。也许时间抹去了隐藏在各自内心的痛楚和悲凉，我似乎已经忘却了我们曾经还是恋人。

这很悲哀。

那天，我一个人徘徊在这个小村里，细心观察这个避世绝俗的村落。那些细枝末节的存在让我为之动容，仿佛隐藏着一种内在的力量。那些繁复精巧的花窗，在历经岁月沧桑之后，依然精美绝伦，保持原样。

我想，世间美好的事物总会恒久的保留着自身的特质，即使时光远去，也依然完美无瑕。我看着眼前的一切，正在苦恼怎么下笔，莉汐突然提议，说带我去一个很好的地方。

我让她在前面带路，我跟在后面。中间经过一个小酒吧，我说要不要进去喝点东西，她微微点头。对于喝酒这件事，我觉得再也找不到一个像她一样的知音。

我们坐在酒吧最里面，里面的布置很古朴，墙上的装饰品大多都是纯手工制品，不像城市里面的那种酒吧，嘈杂，昏暗。这里不同。让进来的人有一种心如止水的感觉，内心安宁，平静无喧。

里面有一对年轻情侣，要了两份卡布奇诺还有爆米花。男孩手中拿着一本流行杂志，女孩靠在他肩膀上看着手上的咖啡。

酒吧老板是个年轻女孩，直直的漆黑长发，清澈的眼神。老板向我推荐了当地酿制的一种杨梅酒，这种酒喝起来甘甜爽口，酒里有一种杨梅的淡淡香味。于是要了两杯。

我们沉浸在音乐之中，没有说话。

后来，我提到摄影的事情。关于森山大道的话题。逆光，构图，景深。谈到这些，她便兴致勃勃地和我说了起来，打破了沉默的空气。

"你喜欢哪个摄影师？"她的头微微倾斜，一副无精打采的样子。

"喜欢森山大道。"

"没其他的吗？"

"还有张照堂。"

"他们擅长拍黑白照片。"

"嗯，非黑即白，阴阳两面，我觉得更能体现事物的内在。"

"摄影是一种观念。"

"是的，只不过是借用了美学这种形式。"

"毕业了，我打算做摄影师。"

"想好了吗？"

"做自己喜欢的事情，永远不会后悔……"

听完那首酷玩乐队的 *yellow*，我们便离开那间酒吧。我拿起桌面上的画板，继续赶路，去她说的那个地方。

她走走停停，不断和我搭话，时不时地转过头看下我，说她自己的一些事情。她说她的理想不是当画家，而是当摄影师。后来又和我聊起关于这次画展的事。我说作品还没有定下来。

她和我说话的时候，我看见她脖子上还带着我去年买给她的那条银项链，上面有一个像树叶一样轻巧的坠子。过了这么久，色泽丝毫未变。

不知道为什么，这一刹那让我觉得我们似乎从来没有分开过，至少我们现在还可以像以前一样说话，自然流露各自的感情。没有顾忌，没有隔阂。

我们走了很长一段路。

她所说的好地方其实是一座废弃的房舍，颓败破落，残壁断垣。想想有点大失所望，也许她对美的定义是：存在残缺才算是真正的美。

房子周围长满了荒草和灌木，有一面墙已经坍塌，破了一个洞，屋里似乎是空的，除了废弃的家具，以及地上凌乱的书籍和瓦片。墙上被人涂画得乱七八糟。四处似乎都是颓败萧条的景象。房屋背山面水，前面有一条河，十分清澈，没有一点污染。后面是连绵起伏的森林。

我和她放下画袋，然后找出铅笔开始起稿。我突然看了下她，她坐在我旁边，依然纹丝不动地看着我。我说：

"你为什么不画呢？"

"不急，我想看看你的画。"

"呃。好啊。"

"把你的铅笔给我，我帮你削吧。"她注视着我的手里的铅笔。

于是，我把手中那截快看不到笔芯的铅笔递给她，然后从工具盒里面另外拿出新的一支。直到最后，我们离开这里，她的速写本便未翻开，也始终没有动笔。

我那副速写用了将近半个小时，线条密集，用明暗调子进行了深入刻画。阳光十分明媚，有时会吹过一片风，带着河水一般的润泽。

我放下画板，退到后面去看。她满意地朝我露出笑容，然后又白驹过隙般迅速收回。

"你好像忘了署名。"

"嗯。"

于是我拿起笔，行云流水般签下自己的名字和日期，字迹很小，隐藏在画的一个角落。

"你觉得画得如何？"

她接着又问我。

"说实话，不是很满意，总感觉少点什么东西。"

"缺陷也是一种美。"她意味深长地说，似乎话中有话。

在镇上，有很多民间小店，售卖各种物件及饰品，其中包括首饰、奇石、银器、古董、旧钱币、字画、茶具、民族服饰，诸如此类。我和庆森在旅馆隔壁的店子挑了自己喜欢的物件。他买了一串男士手链，黑色的珠子，用玛瑙制成的，即使是在炎热的夏天，佩戴在手上也会十分冰凉。

我挑选了一对民族耳环和一副脸谱，红蓝相间，很有装饰性。耳环是银制的，做工精湛，上面刻有繁复而细致的花纹，尾部镶了一颗孔雀石。

老板是一个三十出头的女人，身材清瘦，眼神锐丽，手上佩戴了一枚款式陈旧的戒指，已磨得发亮。她耐心地帮我挑选，然后佩戴在自己耳朵上面给我看。

"你应该是送给女朋友的吧？"

"嗯。"

我停顿了片刻。

"就是。"

庆森抢着回答说。

我露出尴尬的笑容，表情极不自然。我想把这对耳环送给诗涵，因为这件物品很贴近她的气质。我这样觉得。

在小镇上停留了十三天才离开。走的前一天晚上，在街上又碰见了莉汐。她一个人行走在街上，看起来形单影只的样子。

大概是她自身性格的原因，她在班上并不合群，也不喜欢拉拢人际。这种独立意识已经深入到她的内心。每次见到她，都是一个人。

那天见到她，我心里突然流淌着一种难以言说的伤感。

我提议去镇上的餐厅吃东西。这条街到了晚上便热闹起来，到处都是出来吃消夜的人。我们绕过人群，找了一个相对宽敞的位置坐下，点了烧烤、卤花生、啤酒。

我们坐在公路边，风一阵一阵地扑打在脸上。月色清凉如水，空气中有微风，隐约可以闻到植物散发的清冽香气。远离城市之后，总感觉一切亲切舒适。

中间，我又向老板要了两瓶啤酒。这个场景，让我想起了我们第一次逃课去得那个酒吧，以及那个温暖如春的午后。想起她以前喜欢喝的红酒和威士忌。这里都没有。

"我已经很久没有喝酒了。"她看着桌子上摆放的酒杯。

"喝酒多了会上瘾。"

"怎么会呢？"

"尤其是在晚上，我写作的时候就会想到喝酒。"

"喝酒会带来灵感吗？"她微笑着说。

"应该是吧。"

周围又来了一些人，把大包行李卸下来，放在座位旁边。有一个男子留着长发和胡须，从他的穿着来看，应该是个画画的人。

吃完消夜，我送莉汐回旅馆。

两个人沿着清冷的街行走一段路。好多店铺早已关门。街上的路灯十分昏暗，每隔一段路就会出现一盏。偶尔会有风吹过，带着微微凉意。

有一段路，格外阴暗，她离我走得很近，就像以前一样，她说自己害怕走夜路。每次经过黑暗的地方，她总是紧紧地挽着我的胳膊，生怕我突兀地消失掉。

远处稻田里传来一阵一阵的蛙声，仿佛打破了夏夜的宁静。在后面一段路程中，彼此又下意识地陷入沉默。我放慢脚步，然后注视了下她的脸，也许突然联想到了以前，竟觉得她的脸写满了忧伤。

"良君，现在过得还好吗？"她把眼神压得很低。说出这句话，似乎花费了巨大的勇气。

"谈不上好，生活始终归于平淡，每天都会面对着相同的事情。"

"今天真的很开心。"

"呃？"我转过脸。

"至少我们还能像以前那样说话，而不是陌生人。"

"不是恋人，也是朋友呀。"

我漫不经心地说。

她微笑，再也没有说话。关于以前发生的事情，我们只字未提。

不知不觉，就走到了宿舍。她们班的宿舍离我们住的地方并不远，来回几分钟就到。我看着她上楼，她微笑着挥手。看她上去之后，我独自离开。

以前有很多个晚上就如同现在，我们告别，向彼此说晚安。那些画面，出现在脑海之中，会有种怅然若失的感觉。

我的内心是希望她找到一个深爱自己的人。若是那样，我也会渐渐地将这段若即若离的感情遗忘。而现在却渐渐地失去了爱的信仰，或者能力。我知道等待会让自己变得绝望。

月色清凉，空气中有微风。

晚上，我收拾自己的行李，把这几天画的速写一张张放好，然后夹在画板上。其中收到唐辰从学校发来的一条短信，他问我什么时候回来。我说，明天。

庆森早已入睡。我从旅行包里拿出诗涵借给我的《异乡记》，此时阅读这本书，觉得颇有意义，因为我和书中的作者一样身处外地，感同身受。直到看完最后一页，我合上书，然后脱掉衣服睡觉，躺在床上格外舒坦。

我看着窗外，远处有明灭的灯火，依稀可见。想着明天即将告别这里，突然有些恋恋不舍。

我去婺源的那段时间，唐辰在学校遇见了诗涵。

唐辰是音乐系的学生。他报了一门选修课，是关于文学鉴赏的课程，课程安排在每周星期四上午。

那天，他像往常那样去得很迟，进教室的时候，老师已经打开投影仪，站在讲台开始授课。他不屑一顾地拿着课本和笔记从老师旁边走过去，两眼注视了下后面的空位，然后径直走到后边，把手上的东西放在一张空桌上面。

"这里有人坐吗？"他随口问了下旁边的女同学。

他稍稍注意了下旁边这个女孩，目光在她脸上停留几秒。

她穿着素白的衬衫，黑色百褶裙，披着长发，头上有个红色的发卡。突然觉得眼前的这个女孩异常熟悉，定神细想，才知道原来是诗涵。

"你也在这里上课吗？"他轻声问道。

"是呀。"

"我很少过来上课。"

"哦，喜欢文学？"

"还行，只是爱看书而已。这门课可以看很多小说哦。"

"嗯，我也是这样。"

唐辰把桌上的书本打开，时不时看看前面的黑板，以免被老师察觉。

"良君回来了吗？"诗涵轻声问道。

"应该就在这几天吧。"

"哦，你为什么不去呢？"

"我是音乐系的。"

"对哦，我都忘了。"

诗涵用手抚摸了一下自己的头发，大概是为了掩饰这份尴尬。

在课堂上，唐辰安分守己地坐在教室听老师讲课。外面阳光沿着阔大的窗台透进来，留下一片斑驳的影子。

她偶尔看下窗外，那些温暖的阳光像是在树叶上跳跃。她出现在他眼前的时候，他感到亲切温暖，就如同窗外那束明澈的阳光一样，散落在内心深处。

那天，诗涵忘记调闹钟，结果差点迟到，走的时候忘却了带上眼镜，再加上那天晚到的原因只能坐在最后，她根本无法看清黑板上的字迹，那些内容都是老师归纳的考试要点。

她束手无策地望着前面，视线模糊不清。唐辰似乎看出了这点，然后他快速地将黑板上的内容一字不漏地写下来，可能是书写太快，字迹看起来十分拙劣。他把写好的这个笔记本递给诗涵。

"谢谢。"她微微转过脸说。

当她写到一半的时候，下课铃突兀地发出一阵嘈杂的声音。

"本子先借你，下次再还给我吧。"庆森把自己的笔记本递给她。

诗涵看了下他，突然不知道自己该说什么好，就微笑地朝他点了点头，然后拿着书本和笔记离开了教室。

后来几次，唐辰去得都很早，他帮诗涵占好前排的位子，有时他和她在课堂上聊一些别的事情，比如文学、电影，以及生活中的一些琐事。中间有十五分钟的课间休息，有时他跑出去买水，顺便给诗涵带一瓶回来。选修课在很多人眼中是件枯燥乏味的事情，但因为诗涵的缘故，唐辰觉得上课充满了无限乐趣。

有次下课之后，他提议一起吃饭，那是他第一次主动约她，他知道诗涵没有理由拒绝。只是诗涵觉得他帮了自己很多，内心过意不去，她打心里很感激他。所以在吃饭的中间她悄悄地去付了账。尽管她知道这种做法微不足道，但她的确想不到用什么方式去弥补她的好意。

也许唐辰并不清楚整件事情的来龙去脉。一概不知。他只清楚我和诗涵的邂逅是一次偶然，从开始的素未谋面到后来的相知相识，仅此而已。关于我对她的那份隐晦在内心深处的倾慕和眷恋，他毫不知情。或许他认为我不会对这种外表冷漠、性格孤僻的女孩有任何想法。

正因为如此，他只知道自己已经没有理由没有退路地喜欢上诗涵。这是事实。他说话的逻辑以及不安的眼神可以证明这一切，这种真实的感受显而易见。尽管他没有向我透露半点，但我还是知道，也只有我知道。因为他看她的眼神，与我看她的眼神如出一辙。

至于诗涵，是后来才卷入这件事情中来的。

这样的发生是难以避免的。一切就如同白纸黑字，清晰明了，不可否认。从唐辰得知她的手机号码开始，整个事情便逐步向前发展，层层递进。像潮水一样涌进他的生活。他们开始通电话，见面，约会，吃饭，然后理所当然地成为恋人，亲密无间，相依相偎。这像是一个连锁反应。

我亲眼看见，却又束手无策。

也就是如此，我无法理解自己，更不能原谅。尽管我知道所谓的感情是自私残忍的，但这样的发生并不影响我与唐辰的交往。他始终是我朋友。这个关系不会因为这件事而摧毁。我们依然一如既往地过来找我，坐在我房间里抽烟，喝酒，听歌，肆无忌惮地说话。

我知道自己内心已经麻木，丧失了对爱的知觉。有时会莫名地疼痛。那道无法愈合的伤口始终存在，仿佛在漫长的时间中为了等待一个人，去医治，去拯救。

于是我又开始写作。

我写这种困惑，绝望。对于我而言，这就是绝望。

写生回来之后，一切恢复正常，依然像平时那样按部就班。唐辰打电话让我出去吃饭，他说在学校门口等我。

我换了件白色衬衫，穿上那双黑色系带皮鞋，然后带上手机出门。在校门口看见唐辰，另外还有他的一个搞音乐朋友，叫沐川。

以前听唐辰提到过他。

唐辰生日那天，我第一次见到沐川，他穿着黑色衬衫，剪裁精细，价格不菲，材质是涤纶与棉混合的布料，灰色的长裤子，头发剪得很短，看起来朝气蓬勃。

最先，是他的黑色衬衫吸引了我的注意。那天在饭桌上，我和他碰杯的时候，我看见了他手掌上有一条细细的刀疤。

唐辰有时几天没有消息，也不打电话给我。他去沐川那里过夜。

沐川的家在一条肮脏的巷子里面，里面到处堆满了垃圾和杂物，经过那里要踮着脚步，以免踩到东西。

他的房间空荡简陋，里面有一台电视机，一张双人床，几把椅子，那张很旧的桌子上面摆满了空的塑料瓶和罐头、烟盒，以及打火机、皱巴巴的锡纸。墙角有一个鱼缸，里面养了两条黑色的金鱼，看起来奄奄一息。墙上的音乐海报已经发黄。

唐辰觉得自己有时和沐川很像。沐川是个孤儿，从小跟着他外婆长大，后来他外婆也死了，在这个世界上，他仿佛再也找不到可以依靠的人。

那天，沐川穿着贴身黑色短袖，牛仔裤上面有零星的破洞，一双白色的匡威帆布鞋。他向我微笑示意。他骑着一辆枣红色的宗申跑车。

我和唐辰坐在车子后面，去当地一家小有名气的饭庄吃饭。车子在公路上飞驰，排气管发出强劲的呼呼声。速度制造了风，我们像是穿梭在风的海洋之中。

那个饭庄隐居在一片树林中，看起来十分隐蔽。

到那里之后，有几个素未谋面的年轻人等在那里，似乎是为了迎接我们的到来，其中有唐辰认识的人。有时我觉得唐辰在外面的时间要比在学校的时间多。因此，结交了不少社会上的青年。

吃饭的时候，沐川说到了关于乐队的事情。他想组建一个乐队，让唐辰负责主唱。吉他手是坐在我旁边的那个女孩。她染着酒红色的头发，剪着流行的艾米丽式发型，看起来乖顺可爱，睫毛很长，嘴角有一颗痣。

他站那里，就像主宰了一切。他穿着紧身仔裤，黑色 T 恤，镶有金属的皮带，依然是典型的朋克摇滚风格。

他沉浸在音乐的旋律与激情之中，似乎忘却了下面所有的观众。他的专注和狂热迎来了一阵一阵掌声。

唐辰从那个男子身上仿佛看到了属于自己的希望。他趾高气扬地说：

"有一天，我会像他那样站在台上。"

我坐在角落与唐辰喝酒，他谈到了组建乐队的事，以及沐川。沐川是社会上的小混混，同时也是个歌手。

沐川高中选择了音乐特长，高考填报志愿，他只写了一个学校，因为那是他女友向往的去处，他们都报了那个学校，但成绩公布以后，他反复看了几遍，在公布栏上面根本找不到自己的名字，而他女友如愿以偿地考进了那个学校。

刚开始，彼此虽然分隔两地，但依旧保持联络，相互勉励，相互关心。他觉得这只是短暂的分别，并不意味着永久。

她在电话中说，距离与时间都不会阻挠我们的感情。

但时间久了才发现那些话只不过是信口开河的陈词，就像谎言一样。那个女孩在学校交了新男友，她说他站在台上弹吉他的样子很像她喜欢的一个歌手：OWL CITY。

从那时开始，他开始学吉他，他想自己组建一个乐队。更主要的是，他想忘了她。后来，他在酒吧遇见了一个女孩晨雨，她教格子弹吉他，她和他一样痴迷音乐。那个女孩就是现在的吉他手。

那天的确喝了很多酒，我打电话给庆森。我对他说，你快点过来吧，我要死了。他问我现在在哪，我说在蔓延酒吧。沐川和我们喝了几杯就先走了，只剩下我和唐辰。已经过了凌晨。我们把桌上的酒喝得干干净净。

后来，唐辰又提到了诗涵，他说自己很喜欢她。他说自己从来没有对一个女孩如此动心。

其实他不说我也知道。他是个性情直爽的人，藏不住任何心思，更不会拐弯抹角。我很欣赏他这点。但对于这件事，我却束手无策，我知道怎么去对待这份左右为难的感情。

庆森过来的时候，我已经昏天暗地地倒在后面的沙发上。

第二天晚上，我独自去自修室看书。

那天图书馆里面的人并不是很多。他们稀稀落落地坐在里面，阅读英文译本、摘抄、写开题报告等。室内是安静的，白炽灯的光线照在书上十分晃眼。

我找了靠窗的位置坐下来，把手中的一本书摊开放在桌面上。《记忆的群岛》。法国建筑设计师写的小说。中间有他手绘的插画，笔触凌乱，而且抽象。阅读这部作品完全是因为这些插画吸引了我。

很多时候，人总是被事物的表象而左右。那本书，我看了三分之一就离开了。

回去的路上，我穿过图书馆，坐在诗涵宿舍楼前的大树下面，拿出手机，迟疑了下，然后拨通诗涵的号码。

"睡觉了吗，诗涵？"

"还没有呢，刚把衣服洗完。过去写生还顺利吗？"

"一切都好。那个地方挺漂亮，遗憾的是停留的时间太短。"

"那以后有时间再想去吧。"

"嗯，我也是这样想的。"

"真羡慕你们。"

"呵呵，每年都要出去写生，得花不少钱呐。"

"就当是旅行了吧。"

"哦，对了，你借给我的那本书已经看完了，看什么时候还你。"

"下次见到我，再给我吧。"

"好呀。"

"那你早点休息吧……"

"好的，晚安。"

彼此道了晚安。我等她挂了之后，我看着刺眼的屏幕，马上十一点，于是便轻轻地合上手机。

我站在她宿舍前面的大树下，风把树上的叶子吹得哗哗作响。风抚摸在身上，凉飕飕的。我看了一眼诗涵的宿舍，然后从这里离开。

回到自己的住处，我倒在床上，大脑像是瞬间失忆，想不起任何东西。突然感觉到了困意，于是脱掉衣服去洗澡。水从喷头里哗哗地洒落下来，沿着脸颊一直流到地下。我看着镜子中模糊的自己，觉得狼狈不堪。

洗完澡，身体仿佛得到解脱。我坐在窗前，点了一支烟，然后看了几页小说，开始睡觉，但发现自己根本无法进入正常睡眠。

我从床上爬起来，打开台灯，光线在黑暗中映衬得分外刺眼。我突然想起厨房还剩下半瓶白兰地。于是拿着那瓶酒去阳台上，借着素白的月光，拧开瓶盖，然后将酒倒进嘴里，液体火辣辣的沿着喉咙一直流淌到胃中，仿佛连血管里面都渗透着酒精。我感觉到心跳明显加速，而且身体在轻微地颤抖。

每次喝酒，总让我想到《伤城》里面的金城武，从滴酒不沾到后来的形影不离。其实酒的好处并不是可以让你忘记烦恼，而是感觉到痛快。一个人喝酒，毕竟是件孤独的事。

突然觉得夏夜竟是如此漫长，如同整个夏天。

从我房间窗户可以直接看见诗涵的宿舍楼，中间隔着一个长满杂草的排球场。地上因为太多人频繁地践踏而露出厚厚的一层尘土。

到了每天下午，都会有人过来打球。她住的那栋楼房是很久以前建的，墙面斑驳不堪，有细小的裂缝，房子的背面被浓郁的树荫覆盖。

在夜色之中，就宛如一艘巨大的游轮，灯火通明，等待起航。

我靠在锈迹斑斑的落地窗旁边，翻阅手机中的信息。由始至终，关于诗涵的所有信息都储存在手机里面，舍不得删掉。

"我在一本书的封面上看到这样一句话：离开，才是真正的爱。"

其中的一条短信这样说。

她说很喜欢这个句子。现在看着以前的信息会从心底涌起一种悲凉。之所以如此，是因为自己在逃避，把感情藏躲在无人知晓的角落，尽管那里阴暗潮湿，寂寞无助。

这是难过的根基。

有时，我想到就此忘却这份含糊不清的感情，试着不去追究以前发生的事情，事实难以实现，总之很困难。这种深入内心的记忆就像融入血管中的酒精一样让人敏感。

我想，所谓的遗忘，也就是不想记起某些事。忘却，记起，似乎仅在一念之间。

在黑暗中静默，等待。

我最终不知道自己究竟在等待什么。

唐辰经常过来找我，然后我关好房门和他出去，步行到街上去买酒，打桌球，上网，或者去教学楼的天台上抽烟。这种让人感到厌倦而不安的日子就像我们曾经看过的那部青春剧，名字是《他们在毕业前一天爆炸》。总之，能够找到一两件事情去打发乏味的时间。

有时也会显得无聊至极，我们就那样坐在学校的那片草地上，凝望穿远的天空，看着天空的大片云彩不停地变换，流动。

其他时间，我忙着构思参赛的美术作品。我参加了学校里组织的活动，名字是莉汐帮我报上去的。之前并没有参加这个比赛的打算。

她说，并不是每个人都赋予了艺术天分，因此你要懂得珍惜。

她希望让学校更多热爱艺术的人都看见我的作品。谈到这点，我暗自觉得惭愧。因为我的作品除了几个朋友之外再也没有其他人见过。这跟我的性格和做事的习惯密不可分。我想，从事艺术的人，或许不应该如此：封闭，偏执，困惑。

这些因素只会让自己创作的思维和灵感变得狭隘短浅。有时，面对着一张崭新的画布无法动笔。脑海瞬间失去信息，一片空白。长时间待在房间会让人变得不安，焦虑。

这样的心理，极其危险。

唐辰是一个耐不住寂寞的人。他性格外向，不具备这种可以同时间和空间对峙的能力。我似乎可以，即使一个人在房间待上一天，不出门，也不觉得难受。他说我有自闭的嫌疑，或者可能。

我解释说，自闭是因为无法与这个世界沟通或者融洽，找不到出口。

唐辰家在南京，独生子。他的父亲在他八岁那年因为车祸死亡。他见到他父亲的时候，他已经躺在医院的病床上，身上盖着白色的布。那是他第一次目睹生命的终结，而且是自己最亲近的人。

在医院里面，他控制不住自己悲痛的情绪，冲上前抱着他父亲的尸体痛哭不已。完整的家庭因为一个人的离去，从而变得荒凉、冷寂。

直到第二年，他的母亲认识了一个古董商，那个男人在城里有一套房子。后来让他们母子搬了进去，生活日渐宽裕。就在那一年，她决定嫁给这个离异的男人。

她这样做是为了唐辰，但唐辰并不喜欢他。他性格古板，说话刻薄，平时也很少在家。他在唐辰眼里，就像是一件文物，沾染着阴郁的腐败气息。

那个男人最初对唐辰的母亲真诚相待，充满爱意，彼此相处得还算融洽。有时他很晚回来，醉醺醺地倒在床上，说一些难听刺耳的话，她根本无法忍受那些恶毒的话。

对于她来说，这些话是一种欺辱，污蔑。夫妻之间的战争时有发生，喋喋不休地发生争吵。两个人之间的矛盾越来越深，几近到了不可收拾的地步。

有时，两个人说着说着便动手打起来，她撕心裂肺地哭号，双手抱膝地坐在地上，头发蓬乱，衣衫褴褛，像个疯子一样。那个男人觉得唐辰的母亲有病，精神失常，不可理喻，他觉得眼前的这个女人已经无药可救。

他开始躲着她，不再与她接近。从内心来说，他已经不再爱这个女人。

有一天，唐辰回来，他看见了自己母亲躲在屋里哭泣，默默流泪，他走过去抱着他的母亲。他对那个男人恨之入骨，愤怒地说，我早晚杀了这个狼心狗肺的东西。

在现实面前，他们母子两人感到无能为力，只能寄人篱下，相依为命。直到他上高二那年，他的母亲最终死在浴室，躺在放满水的浴缸里面，面容平静，鲜血满地，而脸上却没有任何挣扎的痕迹。

死前她留下一封信件，她在信中只说让那个男人好好照顾唐辰，没别的遗嘱。她知道那个男人已经不再爱她，彼此纠缠，永无休止。她唯一的企求就是让自己儿子能够过得幸福，所以她选择死亡，对于她而言，这就是解脱，不再承受世间的任何痛苦。

她死之后，唐辰就没有别的亲人，除了那个男人。

高中毕业之后，唐辰便独自坐火车去了上海。他觉得那个纸醉金迷的繁华都市可以容纳自己。他在那里找了临时工，在一家快餐店上班，每个月的工资仅仅够自己平时的生活费。

在那个车水马龙的城市里，他没有一个认识的人，晚上睡在潮湿拥挤的房间，他觉得孤独无助，想到那个破碎不堪的家庭，还有死去的母亲，便暗自流下眼泪。那个男人打电话给他，唐辰说，你以为我离开你了就无法生存吗？

男人什么话也没说，只是平心静气地告诉他说大学的录取通知书已经寄到了家里。

暑假快要结束的时候，他坐火车回南京。毕竟考上大学是他母亲所期盼的事。他不想辜负她的心愿。

那天，男人做好了一桌饭菜等着他回来。唐辰进屋之后，把行李丢到客厅的沙发上。然后面无表情地坐在沙发上。男人走过来，安静地注视着他。

"唐辰，你回来了。"他的声音有几分虚弱。

他瞥了男人一眼，然后从他旁边径直走过去，斜靠在后面的沙发上。

"我回来拿两件东西，拿录取通知书，拿钱。"

他冷冰冰地对男人说，眼神中流露出一种出自家庭的幽怨和愤怒。

男人依然木讷地站在原地，却没有说话。唐辰看着眼前这个沉默不语的男人，头发日益稀少，身体也变得清瘦，他并不知道他在外面打拼的疲惫和艰辛，他突然觉得自己的这种做法有些自私。

男人走进自己的卧室，从抽屉里拿出录取通知书和一张银行卡，然后递给他，并对他说：

"密码是你的生日。你现在已经长大了，很多事情由你自己决定。"

"不用你操心。"

唐辰随口说道。

彼此再也没有说话。

他走进自己的房间收拾行李，完了之后，便拎着行李箱下楼，头也不回地离开房间，男人站在窗户边默默地看着他离去，眼角还是忍不住被泪水打湿。

他知道，唐辰再也不会回来。

自从唐辰加入沐川的乐队之后，他便沉迷于疯狂的摇滚。沐川在外面租了一套房子作为音乐工作室，离学校不是很远，在一个废弃的工厂旁边，房间很空，里面除了乐队所需的器具之外，没有别的东西，墙上画满了凌乱的涂鸦，有一盏格外耀眼的白炽灯。唐辰几乎每天都会骑着电动车去那里练习。

有次那里停了电，房间一片漆黑，他跑到街上买了十几只蜡烛，回来点燃之后放在房间四周，里面一下明亮起来，就像星星一样点缀着夜空。

他自己也尝试着创作一些曲子，但总觉得不太理想，缺乏音乐所具备的灵性。沐川有时候骑着那辆摩托车来学校找他，商量乐队的事情。他们计划在 11 月份在学校开一场演唱会。

其实我觉得唐辰这样很好，至少不会在虚无中迷失自己。

我帮他们设计好了宣传海报，版面采用中国红和海洋蓝，颜色对比十分强烈，醒目。从他们乐队成立到举办演唱会，中间仅仅相隔三个月。

那天看他们演出的人比我想象中的要多。我站在后面，看着唐辰紧紧握着深红色的吉他，发出沙哑的呐喊。这高亢的声音，就像是来自他的内心深处。他的样子，让我想到了蔓延酒吧的那个歌手。

我的周围陆陆续续挤满了人。在那些人中，我看见了诗涵，但她并没有发现我。我看见她热情澎湃的表情，真实的快乐写在她脸上。她跟着大家的声音呼喊，呼喊着唐辰的名字。

就在她呼喊他名字的时候，我的心突然暗了下来，就像房间的灯一样，瞬间熄灭。只剩下黑暗。

我想，诗涵大概爱上了眼前的这个男人。

周六，唐辰打电话说到我这里来玩，他说从外面租了一副麻将。我在电话里问他有哪些人。他说，诗涵和小惠，就她们两个。后来她们宿舍另外两个女生也来了。

诗涵不会打麻将，她在一边看小惠如何出牌。她依然穿着以前的那条白色裙子，上面有红色碎花穿在她身上，十分合衬。中间，莉汐打电话给我。

"良君，你现在在哪？"

"在家，怎么了？"

"我在你楼下，我马上上来。"

她说完便匆匆地挂了电话。

我为她打开门，然后看见她气喘吁吁地出现在我眼前，手里拿着一叠厚厚的宣传单。她打量了下屋里的人，似乎有点惊讶。她朝大家打了一个照面，然后坐在我旁边，把手中的传单放在一边。

我给她倒了一杯水。

她看着我，露出恬静的微笑，然后把目光转到四周的画作上，那些尺寸不一的画仿佛在这间房间中占据了三分之一的位置，都是以前留下的，时间久了，便越积越多。大多都是油画，风景、静物，肖像很少。然后她把身边的传单分给我一半，轻松地说：

"太多了，有空出去帮我发下吧。"

"你不是在学摄影吗？"

"这只是兼职。"

她喝了一口水。微笑着看着我，似乎还有话没说完。

"陪我去操场跑步吧。"她说。

"现在去吗？"

"可是你说过的哦。"

"倒是说过，可是今天，恐怕不行……"

我略带尴尬地朝她眨了眨眼睛。她似乎一下顿悟过来，看了看周围的人，露出一个机灵古怪的表情，然后对我点头示意。

莉汐也许是觉得房间的气氛有些陌生，没坐多久便说要回宿舍，于是我把她送到楼下。而对于我房间里的那些女生，她也没有过多询问。

回来的时候，诗涵坐在唐辰的那个位置，唐辰坐在她旁边教她如何出牌。

"刚才是你女朋友吗?"小惠问。

"不是，是以前认识的一个朋友。"我犹豫不决地说。

她意味深长地看了我一眼，然后把目光转移到自己手中的麻将上面。

我坐在一边，顺手拿起以前写过的一些东西。大抵写下的都是关于自己生活的细枝末节。看着那些文字，心里有未曾有过的平静。阅读这件事，有时的确可以让我忘乎所以。

直到后来回想那天，突然觉得那天的话很少。沉默太久。我不知道从什么时候开始，内心总存在着顾忌和隐晦的成分。我不知道自己该如何面对诗涵，看着她的脸，心里有说不出的酸涩与苦痛。

我想，那些话也只能藏在心底，变成一个秘密。

诗涵离开我的房间是十点半。

回来的时候，我看见唐辰在走廊上抽烟，烟雾缭绕。浓郁的夜空，点缀着寥落的几颗星辰，就像是太阳的眼泪一样。我伫立在他旁边，两手搭在护栏上面，看着夏夜。

他抽完那支烟，也离开了这里。我回到屋里，坐在窗户前面，打开台灯，从抽屉拿出那个黑色封面的笔记本。那个本子封面上印有巴黎铁塔，黑白色调，像印在上面的旧照片一样，流露出淡淡的忧伤。这是去年收到的生日礼物，莉汐送给我的。

现在看来，物是人非。

我翻开新的一页，开始填入文字。书写。写别人的故事，但那些文字最终属于自己，无论情节和结局如何安排和推进。它似乎都与我相关。

因为如此，时间的概念很模糊，甚至微不足道。书写成为无可取代的一种生活，仿佛这是抵达灵魂的唯一途径。很多时候，彻夜无眠。脑海里的画面层出不穷的浮现，如同电影，不停轮换，仿佛存在一种意识迫使你动笔书写，存在一种不知满足的病态倾向。它的动机源于自己对生活及个人的猜疑。长期写作的人，大抵会产生这种疑心病。

但是，写作就是这样。

月末那天，天气阴郁。

唐辰过来找我。他说晚上一起去外面唱歌，我知道诗涵也在，我假装无所谓。我不想被他意识到我内心的种种不安以及表现出来的在乎，因此决定还是去。

那天，我是后来坐出租车过去的，我穿着黑白条纹衬衫、单扣西装、黑色皮鞋。黑色是我钟爱的一种颜色，忧郁中隐藏着某种神秘气息。而相反的是，它让我自信，让我获得外在的安全。

酒吧并不算大，离学校有一段路程，坐车也就十分钟左右。

里面依然是暗淡浑浊的光线，音乐是强劲的电子舞曲，俗不可耐，声音大得似乎可以震破耳膜。舞池有一对情侣在跳舞，脉脉含情地注视着对方。服务生把我带进他们的房间。

我轻轻推开门，唐辰坐在沙发上向我打招呼。小惠在一边唱歌。我走过去坐下，诗涵转过身，她注意了下我，她把笑容隐藏在眼神后面。我看出了她内心细微的欣喜，但不动声色。

隐藏。她似乎喜欢这样的方式。

我微笑着看了下诗涵，然后坐下来，看着电视里播放的画面，音乐不停地在耳边流动。我突然觉得自己有很长一段时间丧失了语言的能力。

唐辰从桌上拿出一支烟递给我，我把烟拿在手上，始终没有点燃。随后，我拿起一瓶啤酒，倒进透明的玻璃杯里。我和唐辰喝酒，不停地碰杯。

诗涵上前帮唐辰点歌，他拿着麦克风走到前面。诗涵从那边走过来，坐在我旁边，她说：

"怎么不去点歌？"

"我喉咙有点不舒服。"

"那就喝点酒吧。"

"好啊。"我微笑着点头。

她重新打开一瓶酒，然后倒进两个干净的杯子里面。

唐辰唱完那首歌，也坐了过来，把一只手搭在诗涵的肩膀上，另外一只手拿着未燃尽的香烟。诗涵绕开他的手，然后站起来，从他手中拿过香烟，灭掉。

"再抽我都快窒息了。"

唐辰没有说话，继续唱歌。

我站起来，从桌面上拿了一瓶酒，撬开瓶盖，然后把杯子盛满。

唐辰看了下我盛满的酒杯。

"良君，我敬你一杯。"

"来，干杯。"

"如果不是你，我和诗涵也不会认识。"

"算是缘分吧。"

我敷衍了事地说道。这句话让我顿时觉得自己有点虚伪。

我微笑地把杯子举到半空，再也没有说话。我知道此刻的笑容只是为了掩饰内心的酸楚，除了微笑，我不知道用什么表情去掩饰。

诗涵帮唐辰把杯子倒满，然后又把杯子举起来。杯子靠在一起，发出清脆的声音，如同心被摔碎的声音一样。

　　我把桌面上的酒喝完，然后独自去洗手间。我的头有些晕，站在水槽边开始呕吐，胃灼热不适。

　　回来的时候，在昏暗的走廊看见小惠。她的脸沉浸在幽暗的光线下，影子被拉得很长。她朝我走过来，静默无言地看着我，我把头压得很低。

　　"良君，你有没有事？"

　　"没事。"

　　"你都快倒了。"

　　"都说了没事。"

　　"什么你都喜欢藏在心里，我知道你喜欢诗涵？"

　　……

　　像是被她看穿心事一样。我沉默不语。

　　她从衣服里拿出纸巾帮我擦拭脸上的水迹。我轻轻推开她的手，然后蹒跚地从她旁边走开。她跟上来，扶着我的手。我无力地靠在墙上，没有说话。我知道自己在逃避，我知道唐辰已经彻底爱上了这个让我无法释怀的女孩。

　　时间就像蚂蚁一样从心底缓缓爬过，这样的时间，如同煎熬。

　　那段时间，我的生活中仿佛只剩一件事情，那就是画画。我迷恋后印象主义时期的作品，其中包括莫奈、毕沙罗、塞尚，以及凡高。他们的作品个性鲜明，画面上交织着迷离的色彩及光线。

　　欣赏他们的作品会使自己的心情变得舒畅，就像一个人置身一片绿草如茵的田野之中，微风徐徐，天空如洗。这种对美的接纳和偏执，无疑是自己对生活的一种向往和感知。

　　那天周末，我在画室。

　　我和往常一样，坐在以前的那间画室里面，打算画一幅素描，是关于静物的。我把罐子、衬布以及水果摆放在台面上，组合它们之间的位置和空间关系，直到自己满意才开始构图。

这些都是以前的基础课，已经有一年没有画过素描了。我削好各种型号的铅笔，然后把素描纸固定在画板上，点了一支烟，一切准备就绪。突然接到诗涵打来的电话，她说想过来看下我的画，我说在画室等她。

那个画室是以前的房子，现在建了新的画室之后便空在那里，里面空荡荡的，似乎好久都没有人来过。

墙上一片斑驳，张贴着以前的一些水粉画，上面的颜料已经开始龟裂，变皱，像干枯的树叶一样蜷缩在那里。到处都是颜料以及铅笔的痕迹，地上沉积了厚厚的灰尘。坐在里面，有一种淡淡的荒凉。

画室的门是坏的，一直敞开着。素枝进来的时候，我正在用 HB 铅笔起稿，用简洁的线条勾勒出物体的轮廓。她慢条斯理地走到我旁边。

"你平时周末都不出去吗？"她问我。

"很少出去。其实出去也没有什么事情可做，还不如在画室画画。"

"那倒也是。"她皱了皱眉。

"这似乎是我的兴趣所在。"

"是吗？"

"目前就是这样。"

"画素描难吗？"

她把目光转移到画面上。

"对于美术生来说，这是绘画中最基础的部分。"

"哦，我想试试看。"

"可以啊。"

我站起来，让她坐在我那个位置，同时把手中的铅笔递给她。我让她先观察静物，等那些物体在脑海中有一定概念和印象之后再落笔。我就像老师平时给我们讲解的那样告诉她该如何描绘。

她似乎对之很感兴趣。我从侧面看着她作画，她的手指十分纤细柔弱，来回地在纸上游动。

有时我握着她的手教她排线，交汇在一起的线条像一张密集的网一样。从来没有离她那么近，当我意识到这点的时候，我的心脏开始加速跳动，这种轻微的窒息感从胸腔一直蔓延到喉咙，然后是鼻腔。

直到她把那个苹果画完。

她说让我作示范，然后我由主到次地刻画台面上的静物。她坐在我旁边，安静地看着我把眼前的事物临摹在一张空白的纸上。

"感觉画画还是挺有意思的。"

"我一直这样认为。"

"你以后打算做画家吗？"

她悄悄抬起头。

"但愿如此吧，不过以后的事，谁知道呢……"

"嗯，只要自己喜欢就好了。"

下午的阳光，十分慵懒。窗外的光线呈柱状倾泻在画室里面，透过那些柔弱的光线，可以看见纷纷扬扬的微尘，在空气中翩翩起舞。

我很想把我心里的种种矛盾告诉她，可是我想即使她知道了又有何用呢？时过境迁，所有事情都已尘埃落定，成为事实，想到这里，我感觉自己是在自作多情。

中间有一段时间，我们没有说话，陷入沉默。房间除了铅笔在纸上运动时所发出的摩擦声，几乎没有别的。

我停顿了几分钟，心里一阵莫名的不安和凌乱，仿佛内心有一团寂静燃烧的火焰，焚烧着关于彼此的记忆。直到自己平静下来，我再次拿起铅笔作画。画到后来，静物的质感和形体跃然纸上。她颇有兴趣地问：

"你们学过人像写生吗？"

"学过，高中就涉及肖像，而且是教学重点。平时一般都是画自己画室的同学，除了特殊时候，老师也会花钱从外面雇一些临时模特。"

"你们不做模特呀。"

"有时也会。几乎每天都会安排几个人做模特，我也做过好多次，就那样直直的定在那里，保持不变的动势，表情僵硬，看起来简直像个傻子……"

"哈哈，不过听你这样说，倒是挺有意思的。"

"可真正做起来就辛苦啦。"

"下次画我吧，我给你做模特。"

"好呀，只要你愿意坐在那里。"我的手又回到画板上面。继续作画。

她从旁边找来一个椅子，安静地坐在那里，看我把这幅画画完。

画完那幅静物素描已是下午六点。

学校的广播开始响起，放着俗套的流行歌曲。我放下铅笔，直直地伸了一个懒腰。她帮我收拾好静物，画具，然后我关好门窗，外面的天空开始变灰，日光渐渐地消失在城市的另一边。我站起来，和她一起离开了那里。

我和她沿着学校马路向前行走，一直走到那个草地上，草被阳光染成深绿色。

我们坐在那里，傍晚时分的天空凝聚着无限宁静，天空渐渐收回最后一朵云彩。只剩下黯淡的微光，等待夜幕的降临。

后来，诗涵接了一个电话，我知道是唐辰打来的。

"你快过去吧。"我对她说。

"改天，我来看你的画。"

"好呀。"

"拜拜。"她瞳孔中闪烁着阳光的影子，嘴角扬起微笑，然后转身离开了那里。

我看着她远去的背影，沉浸在温暖的余晖中，一股强烈的忧伤从心中冒然而起，像瞬间缺氧一样，心渐渐地缩紧。有一种即将窒息的幻觉。

天快黑了。我点燃烟，独自离去。

临近暑假的前一个礼拜，大家都忙着备考。每天面对着大量的复习资料。脑海中唯一存在的念头就是可以顺利通过考试。白天都会有很多人拿着复习资料坐在草地上温习，在阳光下，手中的白色纸张十分显眼。

我几乎每天晚上去自修室，很多教室都是空空的，没有人。诗涵发信息给我，问我什么时候离校。我说，这个暑假可能不回家，我打算留下来画画，因为我在学校的时间不多了。

她告诉我说下个星期五走。

我不知道后来唐辰有没有去火车站送她。唐辰延迟了两个礼拜才离校，他本来是打算留下来陪我过完这个夏天的。因为家里有事，所以还是走了。

他走的那天，我帮他拎着行李，送他去火车站。在候车室，我和他坐在冰冷的长椅上面。他说，很遗憾不能留下来陪你，电话联系。说完轻轻拍了下我的肩膀。

他微笑地朝我挥了挥手，然后独自离开。

我远远地看着他进站，拥入人群，直到消失。我透过候车室的玻璃窗看了远处绚丽的晚霞。天边染上了血红的颜色，像一幅色彩明快的水彩画。

离开火车站的时候，我看见天空有一群仓皇远去的飞鸟，寂静无声地飞向南方。

我无法给予自己理由为何要选择留下来。逃避，等待，迷茫，不安，也许是这些因素。内心始终是盲目的，焦灼不安，像沸腾的水一样流动，无法停息。

有时我躺在床上，似乎可以感觉血液快速而急剧的穿梭全身，如同潜伏在身体里的欲望，蠢蠢欲动。

我画油画，每天重复同一件事情，那种强烈的状态，几近疯狂。脑海有一种意识，让你动笔，在粗犷的画布上寻找属于膨胀的激情。这种创作的激情，远远甚于肉体欲望。

我发现自己离不开那间长方形的小房间，里面凌乱不堪。插图、相片、速写、油画，布满了整个房间。我把喝完的空易拉罐用白色的线悬挂在天花板上，风一吹咚咚作响，像风铃一样。地上和桌子上到处都是空的酒瓶。酒似乎从来都不会离开我。

唐辰以前说，酒会要你的命。

那句话是我以前在那个叫"蔓延"的酒吧里面听到的，那天，我醉得暗无天日，我打电话给唐辰，我说，我快要死了。他赶过去的时候，我躺在沙发上面，早已不省人事。

学校空了，剩下的人寥寥无几，像池塘被放干水一样，除了那些迎接新生的接待员。他们每天都在学校门口的香樟树下，穿着统一的天蓝色的短袖，等待前来咨询的新生或家长。

期间，我出去购买油画颜料，在那些人中间看见了莉汐。她说：

"你打算什么时候离开学校？"

"我想留下来画画。"

"哦，就你一个人吗？"

"还有庆森。"

"恩，记得打电话给我。"

"好呀。"

尽管学校空了，但还是会有人过来，去我住的那个羽毛球馆。有人上来看我画画，有人打羽毛球，有人上来捡垃圾，有人在阳台上谈恋爱……

我有一个朋友住市区，他几乎每个周末都会过来，有时会带上些菜和酒。他说我这里像个迷宫。他每次都会聚精会神地在我的画前面凝视很久。他喜欢这些色彩斑斓的、黏稠似漆的油画，就如同我对诗涵的感情那样浓烈，执着而盲目，亦找不到与之对应的理由。

很多时候，我选择了独处，形单影只。有时会莫名地从心中冒出一种不安，这种突如其来的情绪难以抗拒。

孤独，我不知道是不是因为这个。

这种波动的情绪像浪潮一样在心中不停翻涌，沸腾，无法停息，类似某种疾病。我害怕自己患了抑郁症。相反，酒似乎可以给予自己安全感，让人镇定。时间久了，才发现房间里的空酒瓶越积越多。

我有时感觉自己身心交瘁，于是在夜晚独自喝酒，写作。

这是对生活的麻痹，更是对自己的治疗。

有天莉汐过来找我，我和她去学校外面的菜市场买菜。其实，我平时并不喜欢去菜市场，因为那里混合的各种气味让我难以忍受。

我和莉汐沿着摊位逐个挑选，拎了一大包东西。有青瓜、西红柿、菠菜、芥蓝、土豆，还有鱼。她说，鱼是很好的食材，高蛋白，低脂肪，所以需要多吃。

回来之后，她坚持说要亲自下厨，于是我就帮忙洗菜，淘米，做一些力所能及的事。这样一来，两个人都不会闲着无聊。

那天是阴天，厨房因为窗户玻璃被打烂了，所以有风就会直接吹进来，室内很通风。她习惯清淡口味，说这样比较健康。

最后一个菜是清蒸鱼。由于买来的时候上面还残留着鳞片，所以仍然需要清理。她用刀沿着鱼头向下刮，不小心把刀划到了食指上，血一下从伤口中渗了出来。和水渍交融在一起，血慢慢向四周扩散。

我走过去，把她的手拿过来，幸好伤口不深。我问她是否疼痛，她安静地望着我，朝我摇头示意。我让她回房间休息，我下去买药。

回来的时候，她已经做好了鱼。清蒸的鱼，散出来的香味让人迫不及待想去品尝。我帮她包扎伤口，小心翼翼地把纱布缠绕在她纤细的手指上。我的手触及她皮肤的位置十分冰冷。

"你的手为什么这么冰？"

我有着惊讶地看着她。

"因为我冷血，没有感情。"

"哈哈，你是冷血动物，怪不得。"我故作镇定地说。

那个暑假，莉汐也选择了留下，她想找份事做。后来因为学校要封校，宿舍不让住人。原本迎接新生所安排给她们的宿舍也被取消，所有人都必须离校。

她打电话说，我可不可以搬到你那里住几天，宿舍已经关门了。我答应了她。

她来的时候，没有带太多东西，除了衣服和生活用品、内衣、化妆品、拖鞋、香水等。总之是女孩子用的东西。她把这些东西放在我房间，突然有些不习惯。

提到香水，我突然想到她身上散发的那个香味，那是一种混合着柠檬与橘子的香味，仿佛只要有她在，这个味道就不会消失。

我把自己的床让给她睡，自己在地板上铺上凉席。她洗完澡，我让她先进房间打理床铺，我站在外面的走廊上等她睡下之后我再进去。

有一天晚上，她忘记了关门，我推门而入，结果她大叫一声，把我吓了一跳。她赤裸着素白的身体，坐在床边，悠然自得地涂着指甲油，我进去的时候她连指甲油就丢了，两手抱在胸前，像一只惊慌失措的小鸟一样蜷缩在那里。

她的腰十分纤细，修长白皙的腿，就如同安格尔笔下的少女那样充满韵味。我被她的这种突兀而现的美惊呆了，站在原地，不知所措……

因为这件事，我也一直深表歉意，后来她也原谅了我。

有时心想，这倒是第一次和莉汐同住一间房，却没有流露出慌张或尴尬的意思。当然，她对我充分信任，这点毋庸置疑。

白天，她出去找工作，我在家里面画画，看书，有时写作。我做好饭菜，然后留下一半放在厨房。有时因为家里没有了米或者菜，我便打电话让她从外面带些回来。

中间，我独自去了武汉。

在一间规模很大的书店买了两本画册。毕沙罗和莫奈的作品集，同一时期的两个画家。他们的作品来自生活的参照以及大自然的感悟。这种创作的经验是长时间实践而形成的，清透自然的画风让人欣然生喜。

我想从他们的作品中捕捉一些创作灵感，有时明显感觉到自己思想难以掌控，从早到晚沉浸在一幅画之中。

暑假画了很多油画，包括素描，其中画了一副大海。画面上有礁石、海浪、阳光、云彩，还有一只仓皇掠过的海鸥。

有一次醒来，我打开房间里的灯，坐在油画前面抽烟，凝视着那种冷寂的海面，孤独的感觉像浪花一样在内心翻涌。这幅画，后来卖给了一个过路的女人。她很喜欢。她说，我没有看过真正的海，不过这幅画让我感觉到海就像在眼前。

那幅画很大，有一米多宽，对于尺寸较大的画，准备工作十分麻烦，要把一张柔软的画布紧紧地固定在框架上，是一件不太容易的事情，需要有一个人辅助才可以顺利完成。

那副《大海》足足画了两个礼拜，因为是炎热的夏季，画面的颜料自然干得快，所以画起来比较顺畅，不必担心颜料未干。

后来，我把那幅画卖给了别人。

因为那幅油画，我从中得到一些钱，虽然不多，但足够支撑这两个月的生活费。钱对我的确很重要，但并不是最重要的，我想只要够自己平时开销就够了。除开吃饭，更多的钱用在买油画颜料和亚麻布上面。

那天晚上，我打电话给庆森，我说晚上请客吃饭，为了庆祝我卖出的第一幅画。

晚上我们三个人从学校出来，沿着大街挑选吃饭的地方，后来莉汐提议说去川菜馆吃麻辣火锅。对于她这个突发奇想的建议，我和唐辰实在不太理解，毕竟这个夏天还没结束。后来还是去了一家川菜馆，那间餐馆坐落在山腰，到达那里的确不宜，不过那里的菜式和服务还算让人称心如意。

那天，我和庆森喝了很多酒，莉汐坐在我旁边。中间，她把手搭在我的腿上，眼神中流露出一种心疼和惋惜。后来庆森醉了。在饭桌上，他提到了素枝。他直言不讳地说：

"你是不是很喜欢诗涵？"

"怎么可能呢，她喜欢的人是唐辰，他们现在在一起。"我故作镇定地说。

其实我比谁都要清楚自己内心的感受。是如此强烈，真实，直逼心脏。

"但是，我觉得他们在一起并不合适。"

我不想沿着这个话题继续下去，我的内心经不起无端的猜测和质疑，我再也没有开口。莉汐也在旁边，她气定神闲地坐在那里，端着一杯清茶，沉默不语，装作什么也没听见。

也许诗涵明白这些细枝末节的事的根源。但我与她相处了那么久，我依然不知道她内心所隐藏的种种想法，以及所谓的秘密。

我总觉得事情已经尘埃落定，就是如此。很多时候，我们都在尽可能地为自己辩解，习惯找借口。这是我们共同的软弱。

等待，逃避。

这似乎是我面对生活的方式。

后面一个月的时间，我完成了五幅油画。其中有两幅是我和庆森在外面的风景写生。

夏天昼长夜短，天亮得早。我们五点钟便起床收拾画具，带上食物和水，去郊外的一个陌生的地方。

其中一幅画是在火车站附近的荒地创作的。走了将近两个小时的路途。我们坐在麦田里，背后有一条小溪，蜿蜒曲折，清澈见底。

每隔一段时间就会听见身后火车穿过时的轰鸣，十分嘈杂。电线杆和工厂的烟囱总带着一种孤独感，突兀伸向天空。我迷恋这样空寂荒弃的景象。

返回的时候迷了路，两个人站在原地，不知所措。后来遇见一个过路的老人，他告诉我们去路。我们绕过池塘和麦田，直到看见宽阔的柏油马路，然后沿着这条路走了很久，才终于返回学校。

那个暑假，我和诗涵几乎没有任何联络。除了上网，偶尔遇见她。彼此说一些没有头绪的琐事。很多时候像是自说自话，不提及彼此所面对的感情。它是我们交谈的禁区。

唐辰给我发短信，告诉我他在南京的手机号码。他说，在移动公司找了一份兼职，有个女孩很喜欢他……

这其中没有提到诗涵。

放下电话的那一瞬间，突然觉得胸口疼痛，找不到缘由。

在画画这方面，莉汐的确给予了我很多帮助和鼓励，就像我身上寄托着她的一个心愿。

以前，我们的画室在同一层楼上，有一次上完色彩课之后，我拿着水桶和画笔去旁边的水槽清洗，在那里刚好碰见她，她头发束在脑后，穿着蓝色格子衬衫，牛仔裤的颜色被水洗得很淡，就如同雨后的天空，那种浅浅的蓝色。

我站在她后面，看着她一丝不苟的清洗着手中的画笔，然后她转过身看了下我。

"你是不是叫良君?"

我很惊奇，我不清楚她怎么会知道我的名字，毕竟刚开学不到一个月的时间，而且又不在同一个班。

"是啊，可是你怎么知道。"

"看你的调色盘就知道了。"她笑着说。

她把洗好的水粉笔放进一个塑料桶里面，然后关掉水龙头，让开了位子。说完就离开了这里，脸上依然残留着笑意。

我依然站在原地，目光呆滞地看着手中那个颜色厚重且纷乱的调色盘，似乎还沉浸在她最后一句话中。

我与她交往也就是从那个时候开始的。

其中，庆森搬到了我旁边的一间空房里面，住了一个月的时间。搬来的那天，他让我去宿舍帮忙拿东西，带着电脑和厚厚的一堆书过来。

那天，他的女朋友花羽也在。白天他在房间画画，或者篆刻。她躺在地上的凉席上看电影。因为炎热以及无事可做，她一天到晚都是如此。显然，他对她懒散和拖沓的习惯是极其不满的，甚至气愤。

有天在我房间，庆森说，她无药可救了，毁了……

我时常听见他们争吵，相互咒骂，像战争爆发一样不可收拾。她哭泣，抱着枕头蜷缩在角落，直到抽泣的声音渐渐平息下来。他对她束手无措。彻底绝望。

这样一来，我那里变得热闹，不再冷寂。

我和庆森在同一间厨房做饭。有时见花羽拿着电饭锅进来煮饭。她看着窗外，神情忧郁，目光呆滞，充满着冷漠与绝望。她很清楚，自己做的，就像是在无微不至地照顾一个少不更事的孩童。但她心甘情愿，她始终爱着庆森，即使心痛或绝望。

庆森经常过来与我聊天，我们无所不谈。他从不抽烟，却对酒情有独钟。我们谈论艺术，以及女人，但他似乎不喜欢谈论自己。他说，艺术和女人不同，艺术只能给予激情，却无法给予温暖。

到了晚上，我和他坐在外面那个长长的露台上面乘凉，吃西瓜，偶尔喝点酒。有时长久的凝望夜空，幻想以后的生活会是怎样。学校寂静无声，在满天星辰下面，如同沉睡的花园。

寂静。夏夜像是梦的乐章。

其中，我们又说到他的女友花羽。谈到这件事总让他黯然神伤，他眼睛直勾勾地凝视着地板。

"你难道不爱花羽了吗?"我试着问他。

"正是因为太在乎这段感情，所以对之更加苛刻、盲目。她平时与别的男人暧昧不清，我无法忍受这一点，我想所有男人都无法忍受这一点。这是致命的毁灭。我迟早要和她分开，这只是时间长短的问题。我不知道她是怎么想的……"

"也许彼此立场不同，既然选择相爱，就应该坚定不移。"

"很多事情都变了，我们最初认识的时候不是这样的。"

他的声音显得低落，带着无可奈何地伤感，仿佛已经窥见了所谓的结局……

那个暑假我打电话回家，告诉父母我在学校的情况，我说我已经找到了一份兼职，不要为我担心。其实我只是在做自己喜欢的事。画画。

我的想法很简单，但是忽略了一个很重要的问题，那就是最基本的生活保证。如果做不到这一点，画画根本无法继续。但如果像我在电话中所说的那样，去外面找一份兼职，这些事情都会迎刃而解，但这与我的初衷相违背。

后来我和庆森商量决定出去卖画。虽然有人奉劝我们不要做徒劳无功的事情，说事实行不通。但我们依然坚持自己的想法，不顾一切地去做。

我们把自己的作品带到很多地方，只要人流汇集的地方就去。其中包括广场、公园、街口，商场前面等。下午六点动身，一直持续到行人渐渐散去之后，我们才迟迟离开。

很多人路过我们身前，他们看画，只看画，不看我们，就像杜拉斯在《画展》中描写的那样。

中间，有些人显然是看不起我们这种做法的，他们的眼神带有一种轻蔑和嘲讽。我们自己清楚这并不是什么丢人现眼的事情。自然有很多看不起画画的人，他们觉得这个世界根本不需要艺术。在他们眼中，那些搞艺术的人都是在做一些自娱自乐的事情。

清高，孤傲，古怪，另类。我想，在他们眼中，也许就是这样定义的……

当然也会遇见一些志趣相投的人。他们兴致勃勃地与我们讨论各种话题，不限于画画，也会说到生活，说很长时间，有些人走的时候，会诚恳地留下自己的电话号码。后来，庆森没有和我出去卖画，他说要去火车站接个朋友，接一个从上海过来的女孩。

那天他穿了一件白色衬衫，皮鞋擦得黝黑发亮。看起来精神抖擞，我想应该是去见一个很重要的人。

晚上他们在房间说话，看电影。中间庆森过来给我送了一盘切好的西瓜。他说那个女孩是他高中同学，过来看他。至于其他的事，我没有过问。

那个女孩在这里待了两天。庆森带她吃饭，逛街，买东西，拍照片。直到送她离开，他一直陪伴在她身边。

这件事，花羽后来才知道，那几天她刚好回家，为了踏入社会提前做准备。她已经毕业，即将面临人生的起步阶段，其实在她内心是希望有一个人可以在背后为自己祈祷，至少有那么一个人可以为之牵挂。

她打电话给庆森，他关机。连续几天都是如此。她似乎从来都没有遇见眼前的情况，有一种不好的预感在内心不断浮现。她只好跑到学校找他。

来的那天，他不在，她便来到我的房间，神色焦虑地询问庆森的消息，问他最近在干什么，去哪里了，是不是和别的女孩子在一起……

诸如此类的问题。

在感情的边缘，她显得盲目，无能为力。那天，花羽在我那里一直等到庆森回来。等了很久。她失望地守候在房间，伤心欲绝，却没流泪。

那天晚上，庆森和花羽又开始争吵起来，没有休止的战争一触即发。猜疑，敷衍，埋怨，妒忌，种种矛盾纠缠在一起，最终无法忍受对方的自私和欺瞒，注定分开，不告而终。

她曾经告诉过自己该如何坚强，如何释然，但真正面临分别的时候，还是看清了内心的软弱和无助。

花羽第二天便离开这座城市，拿着行李，独自离开，向这个充满悲凉的城市挥手告别。

庆森没有去火车站送她，也没有说再见，他默默站在窗前，看着她孤独远去的身影，眼眶瞬间被泪水染湿。他知道花羽再也不会回来。

两个月的时间。

时间很短，记忆很长。

南方旅人

开学前，我和莉汐去了珠海。

我们坐火车去武汉，然后再去客运站乘坐长途大巴，车子直接开往拱北口岸。路途十分遥远，而且天气异常炎热，外面是明晃晃的阳光。

在路上，不停地喝水，补充水分。窗外的风景，像一卷长长的胶片，在眼前不停轮换。她在中途睡着。

随着车子轻微地摇晃，她渐渐地把身体靠过来，头贴着我的肩膀。我仔细打量着她那张白净温柔的脸，她的身上散发出一股茉莉花的淡淡清香。

车子快要靠近海边的时候，我轻轻地摇醒了她。

"已经到海边了。"我说。

她恍惚地张开眼睛。

阳光穿过云层，透过车窗，明亮的光线轻轻散落在她雪白的连衣裙上面。我们把目光转移到波光粼粼的海面，仿佛可以听见远处的潮水拍击海岸的声音。

我们直接坐公交车去海边。

有一站的名字叫情侣南路。我们带上行李准备下车，司机为我们打开车门。下车之后，突然发现也就我们两个人在这里下车。

不远的地方就是大海，一望无际的大海。

我提着黑色旅行包，里面装着乱七八糟的各种物品，衣物、书、照相机、零食，还有一瓶黑牌威士忌。她喜欢英国的酒。她说每次旅行都不会忘记带上威士忌。她的这种想法总会让我联想到杜拉斯，那个嗜酒如命的女作家。

那天，我穿着卡其色的休闲裤，白色背心，一双印有黑白图案的人字拖鞋。她走在我前面，迈着轻松愉悦的步伐。潮水一阵一阵的拍击着海岸的岩石。正午的阳光，十分强烈。

我们停下来休息，坐在草地上。我从旅行包里取出相机，在逆光下，按下手中的快门。画面是她沉浸在阳光下的笑容，由于光线太强，有半边脸被五彩斑斓的光晕覆盖在下面，有些模糊不清。

情侣路十分漫长。仿佛环绕了整个海岸线。中间，经过旅行指南里提及的渔女石像和石景山公园，依然有很多游客举着相机拍照留念。

在路边，有卖水果的商贩，我们买了两个椰子，汁液新鲜，经过喉咙，有一种清新的植物香味。近海的水都存在些许污染。水的颜色并不是纯净的蓝，而是偏黄的蓝。海域越深，颜色越清。

我们沿着这条路走了很远。根本顾不上自己身上已经被汗水打湿，唯一的念头就是尽快到达目的地。炎热的空气中除了有风以外，还有海水的腥味。炽热的花岗石上面上躺着一条干枯的鱼，肚子圆鼓鼓的，像个气球一样，形状怪异，颜色黯淡，已经死了很久。

我们沿着这条路，一直走到码头。

那个码头向海的中央延伸了很长一段距离。我们打算坐船去东澳岛。到那里之后，才发现已经错过了每日的两趟班次。最后的班次是两点半，我看了下手表，已经过了将近一个钟，船已经开走。

"我们在情侣路上耗费了太长时间了，要知道就应该坐车过来的……"

她直直地凝视着远方，眼睛中有几分失望的神色。

"也许这是注定的吧。"我答道。

"不过，这里也挺美啊。"

"是啊。"

海风扑打过来，空气中弥漫着海水的鱼腥味。

"你相信命运吗?"她看着我说。

"相信，我觉得一切都有定数。命运如同大地，不管走多远都出不去。"

说完，她便向前面走去。我站在她的后面，看着她的头发迎风飘扬。

东澳岛，最终未能到达。

就像我们之间的感情一样，变成了一片汪洋大海，无边无际，仿佛看不到陆地。剩下的，只是沉没在时间深处的绝望。

最后，我们选择去别处，去飞沙滩。之前来的时候，便查阅了这个地方。

我在路边一个小商贩那里买了一包澳门的烟，顺便向他打听了去飞沙滩的诸多信息。包括如何坐车，路况，住宿，以及当地的情况。

"如果你们现在去，估计要明天才可以返回。"商贩告诉我们。

我们还是决定去。

于是，按照他所说的地点上车。那部车子很陈旧，也许是长期跑山路的原因，很多部件已经损坏，坐在里面总觉得不太安稳，车子摇摇晃晃。玻璃被震动得发出吱吱的响声。

窗外是类似于郊区的景象，荒芜而孤寂的一片景象。中间需要经过大片农田、荒地、树林、池塘、水沟，以及远处的学校等。

在车上，我感觉很疲惫，眼睛因为光线过于强烈而开始流泪。我渐渐地闭上眼睛。

莉汐依然坐在我旁边，面容沉静地欣赏着窗外那些连绵起伏的景色，随着车的行驶而渐渐消失在记忆之中。我醒来的时候，天色已开始变暗，天际残留着一片金黄的余晖。

日光隐退，即将天黑。

我们在小镇上过夜。住在一家小旅馆里面。里面的设施很简陋，但还算齐全。有两张床，铺着白色床单。墙上有一副安格尔的《泉》，很显然是印刷粗劣的仿制品。

莉熙打开电视机和风扇，坐在床上吹风。可能因为坐太久的车，再加上营养的大量流失，从而导致身上肌肉酸痛，两腿疲乏无力。

洗完澡之后，身体才逐渐恢复、苏醒过来，就如同萎缩的花蕾被放进清澈的水中，然后又变得鲜活起来。

晚上，我和莉汐下楼吃东西。

小镇的街上很冷清，没有太多行人和车辆。我们沿着街一直向前走，走了很长一段路，想想在这个地方找点东西实在不易，直到后来在街角发现一家夜宵店，是露天的排档。

餐厅老板是湖南人。我们要了一壶扎啤。冰冻的啤酒，喝起来格外顺口爽滑。大概是这里靠海很近，所以晚上走在外面格外清凉。

我给她的杯子里倒上了酒，她把手机搁在桌面，我伸手拿了过来，她略显惊慌地看着我，似乎里面隐藏着什么秘密一样。

我没有看她的信息，而只是想看下她的相册。点开相册，我看到了以前的照片，是我们合拍的大头贴，表情怪异，笑容夸张。

她迫不及待地让我把手机还给她。我露出微笑，她的脸颊也随之露出羞涩的表情，如同一抹略带醉意的晚霞。

也许是因为疲惫，那天睡得比平时要早。

从武汉到珠海，远离了城市的喧嚣与浮华，万念俱寂，心如止水。我们住在一间房里，这似乎并没有想象中那么尴尬。

莉汐洗完澡之后，便脱掉鞋子，坐在床上看电视。电视里面正播放着以前看过的一部粤语片，名字叫《重庆森林》。故事破碎，零乱，如同梦境一般轮换。

她穿着粉红色的睡衣，上面印着樱花花瓣。她把漆黑的头发散落下来，湿漉漉的，搭在肩上，十分性感。我疲惫地看着电视画面，直到渐渐地闭上眼睛。

窗外，夜空浓郁，静谧无声，像一片深不可测的海。

醒来的时候，我看见躺在自己身边的莉汐。她侧着身子，没穿上衣，皮肤裸露在外面。在她的背上，有一处文身，是一片长长的羽毛。

她尚未苏醒。在微弱的晨光中，我俯下身子亲吻她的额头。窗外的小镇似乎刚从朦胧的雾中苏醒过来，远方依稀可见的朝霞。新的一天即将在眼前逐渐展开。

我们收拾好行李下楼。在小巷买了热腾腾的豆浆和煎饼，然后去街对面的站台等待开来的汽车。我看着天空，有一束明亮的阳光从云层中流泻下来，那束微光，温暖而清澈，像是清晨的第一道光。

"这将是记忆中一个特殊的行程。"莉汐微笑地望着天空说。

"路上的时光，总是深刻的。"

"以后，我还要去更多的地方。"

"你是说旅行吗？"

"对啊，我喜欢行走在陌生的路上，身心俱在，无欲无求。"

"这大概是寻觅自己的一种方式吧……"

"良君，你最想去哪里？"

"我啊，想去远方。"

"远方？"

"是的，比这里还远的地方。"

两分钟后，有一辆车子朝我们开过来。我和她一起上车。

已经离大海不远。车子行驶了将近一个小时。偶尔有乘客上车。车厢里大多数都是当地的民工，他们全部穿着蓝色劳保服，面容沉静，皮肤晒得黝黑，看起来十分健康。坐在我旁边的一个民工问我。"你们是去飞沙滩吧。"

"是啊。"

"哦，就快到了，前面就是。"

"挺快的嘛。"

"坐车感觉是很快，不过要是走路的话，还是很远的。"

"只有这趟车吗？"

"嗯，就这趟车。"他点了点头。

我看着一片片碧绿的树林，以及那些低矮的楼房，心里充满着前所未有的平静。这些熟悉的景象像是很久没有出现过了，就像是儿时的记忆。

没过多久，他们下车，车厢里只剩下我和莉汐两个人。我闻到了她身上的那股柠檬的味道。

车依然行驶了一段路程，直到司机把车停靠在路边，提醒我们已经到达终点站。我们拿好行李下车。空气中氤氲着阳光的味道。

我们环视了下四周，路的两边是一片菜地，里面种了蔬菜和香蕉树，大片大片的绿呈现在眼前。

"我们直接走过去吧。"莉汐说。

"嗯，应该不远。"

"感觉这里的空气真好啊。"

"你喜欢这里吗？"

"喜欢。"她把头发抚到一边。

"我的童年，也是住在这样的村子里，四面环山，绿树掩映，现在回想起来，那时的日子宛如天堂。"

"多想回到小时候啊……"

"可惜这个世界上没有时光机器啊。"

"我以后要造两台，一台送给你，一台自己留着用。"

"好吧，那我等着吧。"

"哈哈。"她忍不住笑了出来。

远处有小小村落、房子、公路，以及屋顶缓缓升起的炊烟，还有山上高高耸起的风车。白色的风车，高高耸立在山冈上，在炙热的阳光下，十分显眼，就像一片巨大的三叶草一样。

我们沿着小路进去，像是步入了一片无人秘境。

"喂，你说这里该不会有蛇吧？"

"应该没有。"

"我从小就怕蛇。"

"我比蛇厉害，放心吧。"

我转过脸看了她一眼。她看起来确实有些担忧，小心翼翼地向四周打量，生怕一条蛇从丛林中溜出来。除了曲折的公路之外，就是茂密的树林以及明亮的天空。四周是大片大片的绿。阳光明媚，夏意正浓。

走了十分钟的路程，终于看见了海。它与我想象中的那片海决然不同。我们到达那里的时候刚好早上八点。时间尚早，那里几乎没有游客。除了我们。

莉汐脱掉鞋子在沙滩上奔跑，细腻的沙子踩在脚下十分柔软。她脸上露出肆无忌惮的微笑。我拿着照相机给她拍照，记录下她孩童般的笑脸。

"你拍到了吗？"她转过脸问。

"拍了好多。"

"一定很难看吧。"

"哪有哦，挺好的呀。"

在那些所有的照片之中，仅有一张是合拍的，两个人把头靠在一起，对着相机镜头，按下快门。就这样定格在一瞬间。

如果时间可以定格，即使捕捉一秒钟的快乐也是永恒。我想。

我们去更衣室换衣服，顺便把包寄存在储物柜。她从更衣室出来，穿着白色泳衣。背后那青色的文身在她白皙的皮肤上显得格外显眼。

有文身的人，内心仿佛储备着一种肉体之外的力量。这种潜藏的力量，刚好对应着她情感的质地：坚毅，独立。

阳光从海平面上露出迷人的光线。

在海边，风扑打在身上，有海水的味道。我们走进水中，像孩子一样追逐。她转过头看我，脸上的那种真实的笑容深深印在我的脑海里。我想永远无法忘却。冰凉的海水不停地从远处涌过来，冲刷着我的小腿，卷起白色的浪花。

天空依然明媚如洗，仿佛看不见一片云彩。只有那无边无际的蓝，像海水一样，隐藏着忧伤。

我凝视着前方，等待海水再次汹涌地向我推来。

后来，我教她游泳，从最简单的姿势学起。我用双手扶着她的身体，让她展开双臂，像飞鸟一样向前滑翔。

她很喜欢这样的运动，感觉身体和思想在潜入水中的时候便获得了某种自由。这就同她的性格一样，叛离，偏执，渴望有一片属于自己的海域。

山的那边是一个飞机场，每隔一段时间就会有飞机起航，传来一阵轰鸣，声音渐行渐远。直到消失。

远处有白色的渔船，孤独地漂浮在海面上。那个港口，在半年前遭遇了一次严重的污染，是因为石油泄漏的原因，当地人说事故发生之后，这里的海水、沙子、石头，全部被染成了黑色，直到现在才恢复原貌。

"我们万水千山地来到这里，只为了听听大海的声音。"

她站在海水中，背对着我。

"至少是有意义的。"

"这是我第一次看见大海，和我想象中的样子还是有差别的。"

"看着大海，心情很舒畅吧。"

"嗯，我想到了许巍的歌。"

"哪首？"

"每一次难过的时候，就独自看一看大海……"

她轻轻地哼唱着，声音在潮水中显得有些微弱。

"一个人看海，应该很孤独吧。"

"如果明白了大海的孤独，那么自己孤独就算不上孤独。"

"因为孤独是暂时的。"

我向前方走去，卷起的浪花打湿了我的裤腿。她站在原地，目光落拓地凝视着远方。

离开海边，已是下午。我们回到原来的那个旅馆。

晚上，我下楼去街上买生日蛋糕，走了很远的路，才发现一家蛋糕店。挑了一个水果蛋糕，颜色搭配得十分漂亮，上面有柠檬和樱桃。

回来的时候，顺便带了一些熟食。两个人坐在床上，光着脚丫。我们关掉房间的灯，吹灭蜡烛，我为她哼唱生日歌，她闭上眼睛下一个愿望。这个愿望，如同秘密，她始终没有告诉我她许下了什么。

那天，是她 22 岁生日。

她从旅行包里拿出那瓶威士忌，倒进两个透明的玻璃杯里面。电视播报着当地新闻热点。我们不停地碰杯。她怎么也没有想到，自己 22 岁生日会在一个陌生的小镇上度过，两个人在一座偏僻的岛上。

透过窗，可以看见远处朦胧的山，以及夜空中寂寥的星辰。酒精开始渗入血液之中，心脏加速跳动，内心像是熊熊燃起的一团火。像是燃烧着青春留下的疼痛。我渐渐地感觉到自己身体在不停颤抖。

在黑暗且空洞的房间里，两个人紧紧纠缠在一起。我的手触摸到她柔软的身体。仿佛也触及自己内心的空虚与无边的绝望。

"你还爱我吗?"莉汐在我耳边说。

"我不知道，我的心仿佛已经死了。"

"你不爱我，从来都没有。"

"也许以前爱过。"

"那是一种习惯，不是爱。"

她绝望地说。然后翻过身子，把脸转到另一边。

最初，她安静地看着我。后来，她又躺下来，蜷缩着身子，把脸转到一边，我发现她在流泪，突然觉得自己的心很痛。也许我所说的爱只是幻觉，存在某一瞬间。

在黑暗的房间，两个人对峙着时间的空白，等待天明。

诗涵来学校的那天，她打电话给我说在武汉，晚上到学校。她说话的语气是轻松的，平静的。那时我坐在学校的草地上阅读村上春树的小说《天黑以后》，阳光微微地映在书本的文字上面。

晚上，我一个人坐在房间里面，想起这次短暂的通话，觉得欣慰。她打开了我心中的那扇门，仿佛又回到了以前。

我们依然会选择在凌晨通很长时间的电话。有一次通话持续了将近四个小时。直到后来手机电量不足，然后自动关机。我不知道为什么在电话里面会有那么多的话可以倾诉给对方。

在电话中，我告诉她走后发生的一些事情。后来，她又说到了唐辰。她的声音有些哽咽，突然变得黯淡。

"我们已经分手了。"

"这是为什么？"

"他与我背道而驰，分开，也是理所当然的事情。"

说到后来，她突然挂上了电话。

唐辰来学校的那天去找过我。

他坐在我的那间小房子里面，电风扇摇个不停。我没有放任何音乐。他的腿没有痊愈，走起路来，步幅依然不稳。

他坐下来，默默抽烟，始终把头压得很低，慢慢地把一条腿缩起来。彼此沉默不语，什么话都不说。

直到后来，我才开口。

"你和诗涵是不是吵架了？"

"我想放弃这份感情，我无力再爱任何人。"

"好好的感情，为什么要放弃？"

"我宁可放弃这段爱情，至少我还有音乐。这样相处太累了。"

"当初，是你选择的。"

"是的，当初是我选择要和她在一起，因为我喜欢她。"

"那就应该好好珍惜才是。"

"我和诗涵，就像站在河岸看风景，猜疑自己能否顺利到达彼岸。"

"你们在一起这么长时间，彼此也有所了解，有顾虑就应该说出来。"

"没有用。"他摇头说。

"说出来总好一些。"

他突然沉默下来。

目光依然呆滞地看着地上。

"如果彼此丧失了信任，最终也只是不告而终……"

"你这样做，会伤害到她，也包括你自己，你知道吗？"

"可是坚持又有什么意义呢？"

唐辰仿佛回到了当初，重复以前的生活，依然沉溺网络，在虚幻中寻觅慰藉。我去他宿舍找过他几次。他的样子憔悴得吓人。消瘦，脸色苍白。眼睛因为长时间面对电脑屏幕而变得浮肿，眼球布满血丝。

有时觉得他和诗涵在一起，的确改变了很多。这点毋庸置疑。我一直认为他们相处得很融洽，惺惺相惜。而唐辰现在这样，就像是对自己的惩罚。坐在他旁边，突然找不到话题和他交谈，内心宛如一片冰凉的大海，寂静无波，深不可测。

我知道他依然很难过。

因为爱情的告终，他觉得自己在音乐上也丧失了某种乐趣。

再也无法找回往日的激情，生活趋近平淡乏味。有时，他对着苍白刺眼的屏幕发呆，他很茫然，困顿，他不知道自己活在这个世界上究竟是为了寻获什么。

后来他经常出去找沐川，和他们一起堕落，就像坠入无尽的黑暗之中。爱情的绝望让他觉得生活丧失了所有的乐趣，除了幻觉，什么都是虚空。他宁可相信药物所制造的幻觉和假象。

他跟着沐川去一个隐秘的地下酒吧，酒吧像地狱一样充满黑暗。天花板上挂满了白色的牛头和黑色面具，墙上布满了恐怖而血腥的涂鸦。

他看见一大群年轻男女围拢在一起，他不知道他们在做什么，最后才知道他们在吸毒。他看到这一幕，突然想起自己去沐川家看见的那些锡纸和打火机。

那些人都是沐川的朋友，他们听说过唐辰。那天到了之后，他们便给唐辰让出一个位子，他坐在那里，看着旁边一个浓妆艳抹的女孩把头埋在桌子上。那个女孩见他坐下来之后，便仰起身子，把手中的盘子递给他，带着一种嘲讽的眼神望着他说：

"你不敢玩吗？"

他犹豫了下，便顺手接过盘子。四周的音乐仿佛快要将心脏撕裂，放的是战车乐队的工业金属摇滚。

他感觉自己像鱼一样在空中游动，但发现怎么也走不出这个无限的、封闭的空间。

在这种昏沉的状态中，他把旁边那个女孩当成诗涵，他紧紧地抱着她，他说：

"不要走，诗涵。"

他根本看不清她的面孔，以及周围所有存在的一切。

他和那个女孩不停接吻，他全身开始发抖，直到他的意识慢慢苏醒，他才从这种幻觉中走出来，后脑勺像塞进了一把锤子一样沉重。

他点燃一支烟，跑到洗手间，然后便吐了出来。回来的时候，他坐在那个女孩旁边，他有些不好意思地说：

"刚才的事，真对不起。"

"诗涵是你女朋友吗?"她朝他微笑说。

他稍稍看了她一眼，便起身离开，没有回答她的话。

自从那次经历之后，他觉得自己找到了另一种快乐，那是爱情无法给予的。至少可以淡忘心中的某些痛苦。关于学校里面的事情，他依然置之不理。

有时候他觉得自己跟沐川没有区别。他开始沉溺于这种幻觉之中，就像一个梦魇，他看着自己一步步走向深渊。一去不返。

他的手机始终不开。后来，诗涵给他打过电话，是关于选修课的事情。她告诉他说，文学欣赏的老师问你是否参加考试。

考试那天，他还是决定去参加考试，坐在诗涵后面。他再次与她在这个教室里见面，却不知道该说些什么，就算是道别的话也想不起来。

此时此地的两个人似乎变得陌生，时过境迁，物是人非。他提早交了考卷，上面几乎什么都没写。走的时候，他把一张纸条丢给诗涵，上面写着：祝你幸福。

开学不久，我在外面的酒吧找了一份兼职。那个酒吧叫夜色。我喜欢这种昏暗颓靡的空间，因为孤独。音乐和陌生人可以抚平内心的伤痛与荒凉。

每天下午上完课，我就骑着电动车过去上班。那个酒吧的布局很特别，昏暗，复杂，像个迷宫。酒吧有两个老板，男的是外地人，肥头大耳，戴着一副金边眼镜，年龄应该在五十岁左右，看起来老态龙钟。

另外，那个女的是当地人，我们叫她华姐，比他小很多，看起来像刚结过婚的女人一样，但给我们的直觉好像华姐是老板。

对于他们的关系，似乎没有太多人知道，暧昧不清。每次下完班之后，都会看见他们坐在吧台里面，窃窃私语，挤眉弄眼。

在酒吧里，有两个女孩，都是学生。她们念得是高职，从学校出来，辍学打工。其中一个女孩叫苏。我喜欢这个沾染着文化气息的姓氏。她脸上沉淀着无法抹去的稚气与天真，清瘦，个子显高，平时从不佩戴首饰，亦不涂脂抹粉，简单利落，习惯素容。喜欢穿帆布鞋与牛仔裤。她说自己这一辈子都不会穿高跟鞋。

她和另外一个女孩在街上租了一间房子，设施简陋，阳光充沛。那个房子离酒吧不远，来回十几分钟，但格外荒僻，仿佛隐没在一片低矮拥挤的平房之中，难以分辨。华姐也住在附近。有时下班，她让苏等她一路。

去苏的住处，有一段路十分陡峭，笔直而上，直通山顶，仿佛连车也难以到达。人徒步走上去，就像登天一样艰辛费力。

每天下班的时间很晚，几乎都在深夜两点。有时生意冷淡的时候也会提前下班。

没来酒吧之前，我觉得在酒吧工作是件轻松的活儿，听听音乐，时间一晃而过，可并不是。生意兴隆的时候，根本没有时间停歇，跑上跑下，晕头转向。有时看见苏疲惫不堪地坐在走廊的沙发上，脸上的疲惫就像一张抹皱了的纸，苍白憔悴，没有血色。

已经到了深秋。

空气微微泛着凉意。

那天，我在窗户边听见外面下起了滂沱大雨，雨水急促而降，沉重地打落在水泥地上。接触到地面的那一瞬间，雨水像烟花一样猝然绽放。空气中有雨水的清凉。华姐让我关好窗。

我走回来，伫立在苏的旁边，与她谈话。我们聊到了电影。

"良君平时喜欢看电影吗？"

"我喜欢的电影多半都是冷门。没有喧嚣，寂静无波，容易被人忽略，仿佛是属于一个人的电影。"

其中又说到了一部传记电影《莫扎特》。"莫扎特在别人眼中是一个名副其实的疯子，处处受到别人的指责，嘲讽，嫉妒。但是他的作品是优秀的，天马行空，惊世骇俗。"

"从某种意义上讲，艺术是一门宗教。"

"有空了，我们一起去看电影吧。"

"可以啊。"

那天，在吧台前面，我察觉到在我们谈话的时候，她的身体在轻微发抖。

"你很冷吗？"我说。

"突然下雨，有些不适。"她耸了耸肩膀说。

于是，我把自己身上的那件皮革外套脱下，然后递给她。后来知道她从学校出来只带了夏天穿的衣物。

华姐坐在吧台里面阅读一本都市爱情杂志，她把目光从书上转移到我的脸上，展开笑容，对我说："你还是挺会怜香惜玉的哦。"

我微笑。假装沉默不语。

那天也许是因为下雨的原因，使得生意异常冷淡，客人寥寥无几，所以我们提早下班。华姐问我有没有带雨伞过来。我摇摇头，然后她从厨房拿来一把花格子雨伞递给我。

"客人落下的，可惜只有一把。"

我道了谢，然后和苏离开了店里。

雨依然在下，仿佛肃然打破了夜晚的寂静。我把雨伞撑开，苏靠拢过来。两个人行走在空旷无人的街道上。路灯昏暗，光线黯淡。雨打在伞上，噼里啪啦。如同没有轻重的鼓点。

我从裤兜里面拿出两个皱巴巴的馒头，是来的时候买得。我用袋子包好递给她。

她莫名其妙地凝视着我，感觉就跟变魔术似得。我边走边啃，另一个手拿着花格子雨伞。那是我第一次和她同路，感觉很近。

"你的房子在哪里呢？"我轻声地询问。

"不告诉你。"

"那我们现在去哪？"

"网吧，你去吗？"她有点期待地问。

在网吧里，我们打开游戏界面，玩了几局，然后终止。一到深夜，我就觉得意识模糊，记忆力减退。我看了一部法国电影，身体十分困乏，独自睡去，直到天明。

苏把我叫醒，我身上披着自己的衣服。她面容萎靡，疲惫不堪，就像一朵缺水的花朵。

外面的天空逐渐变亮，依稀可见的微弱光线透过云层。她回住处，我回学校。

翌日。我在楼上的包厢打扫卫生，在三楼。那个酒吧二楼是茶座，三楼是KTV。老板习惯把我安排在上面。苏上楼来，她漫不经心地说：

"下面有个女孩找你。"

我把手中的扫帚递给她，然后若有所思地走下楼。

在大厅靠窗的角落看见莉汐，她和一个男人面对面坐在那里。我与他素未谋面。莉汐微笑地向我打了个照面。

那个男人大约三十几岁，眼神中凝聚着历经沧桑世故后的笃定和沉稳，应该已经结过婚。我站在吧台前面，橘黄色的灯散发出温暖的光线，笼罩在我的脸上。

"良君，那个男人给你点了一杯柠檬汁。"华姐说。

我看着眼前的果汁，内心酸涩。我拿着杯子走进洗手间，倒进水槽，然后将杯子清洗干净，放回原处。回来的时候，遇见苏，她稍稍皱了皱眉。

"你的脸色这么难看。"

"可能是因为昨天熬夜的缘故吧。"我敷衍了事地说。

上楼之前，我隔着大厅的纱幔凝视他们的位置，像是被迷雾遮住了视线，轮廓模糊，无法看清。

这让我想起了我第一次跟莉汐在酒吧约会的情景。午后，阳光，音乐，酒，两个人陷入爱河。时间仿佛已经过了很久，心里兀然升起一片悲凉，填满了记忆留下的空白。

楼上剩下几间房需要清理，里面凌乱肮脏，到处都是垃圾、瓜子壳、啤酒罐、烟头、纸屑、骰子等。我心不在焉地在房间打扫。

窗外依然洒落着小雨，迷雾蒙蒙。苏从外面缓缓走进来。

"你这样打扫，估计到明天早上才会结束吧……"

我没有回她话。

她安静地坐在红色的沙发上，注视着我，神情黯然，一副疲惫的样子。片刻之后，她站起来，从我手中夺过扫把。

我站在窗户前，目光呆滞地凝视着外面的雨，淅淅沥沥下个不停。

"那个女孩是你女朋友吧。"她朝我看了看说。

"不是。"

"骗谁，我看得出来。"

"为什么？"

"不为什么，给我的感觉就是。"

那天下班之后，莉汐和那个男人依然在下面。苏睡眼惺忪地站在我旁边，她还穿着我的那件黑色的皮革外套，像一只安静的猫。

我去厨房把剩下的几个玻璃杯子清洗干净，顺便把抽屉里面的伞拿出来。

"今天不能同路了，给你用吧。"我把手里的伞递给苏。

她微笑着看了下我。

"你的女朋友很漂亮。"

"别瞎说。"

"哦，对了，衣服还给你。要不然被人误会了。"

"你想的真多。"

"那可说不定哦。"

说完，便接过她手中的衣服。

我和他们下楼，莉汐把伞撑开。那个男人去路边发动车子，我和她坐在后面。

路上，他和我聊起了家乡的事情，他说前不久去过那里，谈的都是些无关紧要不痛不痒的话题。莉汐时不时看下我的表情，我沉静地凝望着雨中的夜色，如梦如幻，虚无缥缈。

"莉汐晚上去哪儿呢？"男人问。

"去良君女朋友家。"

他没有说话，我也没有。

车厢一片寂静。

我们在学校门口下车，她撑开伞，和他说了再见。车子渐渐消失在凄凉的街头。我们像两个无家可归的孩子站在凄冷的路边。

"你怎么知道我在酒吧工作？"我转过脸看着她说。

"庆森告诉我的。"

"我们现在去哪儿？"

"不是说去你女朋友家啊。"

"没有女朋友，怎么去？"

她咻咻笑起来，像个孩子。我把她手中的蓝色雨伞拿过来，平稳地举过头顶。

我们穿过寂静无人的校园，里面空旷的如同墓园。玉兰，雪松，桂树，香樟，浓郁的绿色枝叶缠绕在稀薄清凉的雾气之中。

凌晨时分，夜色沉郁。

路过一段阴暗的地方，她突然拉过我的手，紧紧地扣在一起。她的手异常冰冷。时间在耳畔流逝。我听见风的声音，像是来自我的内心深处。

回到住处，我打开音乐。里面放着藤田惠美的歌，旋律低落冰凉，宛如丝滑的绸缎。我洗完澡，躺在床上，翻阅了几篇《圣经》。她看着我说：

"你怎么不问那个男人是谁？"

"没有必要，反正我知道你不会爱上他。"

她坐在床上，微笑不语。

空气中散来她身上的柠檬与橘子的气味。我找了两个玻璃杯，然后把剩下的红酒倒进里面，没有加苏打水。自从在酒吧上班以后，我的家里似乎总少不了酒。

我看着暗红色的液体，仿佛联想到那次逃课去酒吧喝酒的情形。

晚上，我们躺在床上。窗外是素白的月光，而我的内心像深夜一样寂静。我看着她的身体，宛如一朵含苞待放的睡莲。

我伸出手，关上了灯。

我们迷失在欲望的森林中，找不到出口。在黑暗中，我触摸到她内心的空虚和无望。

第二天，我从阳光中醒来，她已不在身边。

月底的时候，我和一个喝醉酒的客人发生争执，后来动手打了起来，我被几个面相凶悍的人按倒在地上。那天唐辰在另一个房间唱歌，他听到隔壁的动静便跑出来，在人群中看见了我。

他泰然自若地走进房间，随手从地上捡起一个空酒瓶，然后狠狠地敲击在桌子上，发出刺耳的声音……

全场人顿时惊呆了。

所有人都目瞪口呆地望着他。他大声吼道："放开良君，不然老子跟你们拼命。"那些人被他这种镇定而粗暴的举动感到畏惧，于是便松开了我，纷纷散去。

因为打架这件事，我赔了钱之后，自然也被解雇。

离开酒吧的前一天，我和苏去看电影。

那天骑着白色的电动车，苏坐在我后面。疾驰的车子穿越在五彩霓虹的城市之中。凛冽的风扑打在脸上，有一种即将窒息的紧张感。她紧紧搂抱着我的腰，把头轻轻靠在我的肩上，我听见她细微的呼吸。

看的片子是《香奈儿秘密情史》。

电影讲述作曲家伊格尔与香奈儿之间的一段恋情。他的妻子怜惜自己丈夫对香奈儿的感情的同时，又充满了矛盾与痛苦，她想离开，但放心不下自己的孩子和这个家庭。伊格尔的妻子说，我真的很害怕，每天早晨，从梦中醒来，我都会闻到腐烂的味道，起初，我以为那是花儿的味道，后来发现，那是我的身体在慢慢腐烂，我在渐渐死去……

那个冬天，诗涵在学校饰品店里找了一份兼职。老板是当地人，每次见到他，他总会穿着那件深蓝色的老式西装，松松垮垮，并不合身，似乎从来没有换过其他衣服。

别人叫他七哥，我也这样叫他。

因为诗涵的事情，我和他打过几次交道。那是店里一些琐碎的事，比如店面装修、布局、招牌的设计，以及宣传单和积分卡的制作……

在他看来，我学的是设计专业，因此这些事情都属于这个范畴之内。他把这些事交给我去处理。他讨好公司的领导，爱面子，好酒，这是他所具备的个人特征。

有次，七哥请我吃饭，他打电话让我出来，说诗涵和小惠都在。我坐车去他朋友开的一家餐厅，十分偏僻。来的人还有七哥两个朋友。他们喝酒，同时也拉上了我。

打心底来说，我并不习惯和陌生人喝酒。因为对彼此毫无了解，没有任何情分和交集可言，所以坐在一起喝酒也只是一种形式。

那天因为喝酒，我差点下不了台。大概是因为诗涵替我喝了一杯酒。七哥便揪住了这个话题。

"这样不行，你得罚一瓶酒。"

"为什么？"

"这是规矩。"他斩钉截铁地说。

我感觉自己的头像石头一样坠重，胀痛。对于他这种虚张声势的架势，我感到厌恶之极。我拿起桌上的啤酒瓶，像喝水一样灌下去。

诗涵坐在我旁边。她劝我不要喝那么多酒。她眼神中流露出的一丝心疼更是坚定了我必须喝完的勇气。

后来，诗涵和小惠因为选修课的事情便提早离席，我本来打算一同离开，结果被七哥和他朋友挽留下来。

我似乎早已厌恶了这种乏味的社交模式，无聊地满足心理，浪费时间。我抽了一支烟，说我们继续，反正时间充裕。

其实这些并不是发自内心的。我发现自己变得越来越世俗、虚伪。过了半个小时，收到诗涵发来的一条短信。她说，要不我把你弄回来，就说学校有事。

我回复说，没事，反正快结束了。

那天喝了十二瓶酒。胃里空乏的只剩下酒精。灼痛，头晕。我从那里走回来，因为怕在车上会吐，但最后还是在路边吐得一塌糊涂。

回到住的地方，我脱掉鞋子，然后倒在床上，不省人事。

那天梦见了诗涵。

醒来大脑依然昏沉，已记不清梦里发生的事。

我在学校过完最后一个生日。我给诗涵打电话，告诉他说晚上出来，我请客吃饭。那天，她依然在七哥的店里上班。我过去找她，七哥也在。

"你要什么礼物，我买给你。"诗涵站在货架旁边说。

"什么都不要。"

她看了下我，然后走到一个玻璃柜前面，从里面挑了一个复古的打火机给我。款式简单，做工精细。七哥似乎看出了她的心思，看了她一眼。

"送给男朋友吗?"

"极有可能。"

后来七哥离开了这里。诗涵把那个古铜色的打火机递到我手里。

晚上，我叫了很多朋友。

在学校外面的一家熟悉的餐厅定了位置，诗涵和庆森坐在我旁边。来的时候，庆森带了一大瓶酒。透过玻璃瓶可以看见里面的药材，其中有生地、枸杞、人参、红枣、当归。纯澈透亮的色泽，像是葡萄酒。喝起来确实爽口，但很容易喝醉。

唐辰始终没有过来。后来，我打电话给沐川，屋里实在太吵，无法听清对方的谈话，我只好拿着电话去外面接听。

沐川在电话中说他现在在厦门旅行，打算在那边停留一段时间。他和我一样，选择了逃避。但这样并不能改变事实以及事情潜在的性质。内心真实的感受和记忆不会被时间遗忘，或者抹去。它们始终存在。

来的所有人中，只有庆森和小惠认识诗涵。我简单介绍了下她，她安静地坐在那里，偶尔和小惠搭讪几句。我没有和她说太多话。

我觉得这里少一个人，就像心里有一个很大的空缺一样，怎么填充都无济于事。

中间，我给她夹菜，偶尔与她碰杯。她似乎心事重重。

饭后，诗涵送我回去。路上她扶着我的肩膀，步伐很慢，我说了很多话，走走停停，有时我停下来看着她的眼睛。瞳孔中那种炽热和温暖，她无法躲闪，无处可逃，就像我第一次见到她时那样。

我想把那些隐埋在心中的事都告诉她，但最终没有勇气说出口。

我是一个有恋物癖的人。

以前我收集各种物品，包括相片、书本，以及邮票。它们仿佛是我内心情感的某种参照。诗涵送给我的打火机我一直带在身上，后来丢了，其实也不算丢。

那是 12 月份的事，我去深圳看望以前的一个朋友。过安检的时候被工作人员发现，然后打火机被扣留在机场。他给我开了一张收据，说到时拿收据过来领取。我看了下放在柜台上的那个打火机，还是有几分留恋。如同一次离别。

到深圳了我发信息给诗涵说关于那个打火机的事情，她并没有生气。

"那个打火机是仿版，等着我用正版来换吧。"

"好呀，我等着那一天。"

我在深圳停留了五天。那段时间，我很想念诗涵。

晚上，我坐在朋友家里看电视，吃水果，抽烟，睡觉，等他下班。手机突然停机。突然发现自己在别处。另一个城市之中，而且是一个人，心里充满着不可言喻的孤独感，仿佛这个世界与你无关。

有人说，感情会随着距离而改变。我以前从不相信，但现在我似乎可以略微感觉到这种潜移默化的存在。突然觉得感情单薄的像一张纸，有好几天彻夜未眠，头脑始终保持着清醒。

那天和朋友出去逛超市，在货架上发现一个巧克力，包装很精美，黑色的铁皮盒子，产地是韩国。我看了很久，最终买下。我朋友问我是不是送给女友。我说，不是，是给自己买的。

我想，我明显就在对自己说谎。

回到学校，我与诗涵在宿舍楼下见面，然后把那盒巧克力送给了她。我似乎从来没有预想到我会送这样的礼物给她。

她把这盒巧克力存放在柜子里面，直到过期，她始终舍不得吃。

我经常去诗涵的店里。

那个店是在超市里面的，置于一个角落。里面的墙上挂着我以前画过的两幅油画，画面上依附了些薄薄的灰尘。也就那个暑假，那个炎热的夏季，我画了这两幅画。

"工作会让女人变得世俗，变得聪明。"曾经在某本书上看到的一句话。在她身上，我却看不出。

她在这里上班的确是很无聊的，平时在店里看书，听歌，吃零食，编辑短信。她去街上买了纯白色的毛线，开始编制一条围巾。

有时，我晚上过去看见她依然在不停编制。后来她把那条白色围巾送给了我，但我从来就没有戴过。

有一次，我们坐在店里聊天，感到无所事事，她突然看着我。

"想不想吃冰淇淋。"

"好啊。"

超市就在旁边，她直接走过去。两分钟后，我听见她叫我名字。

"良君。"

"怎么啦?"

"你过来，我不知道你喜欢什么口味。"我看见她向我招手。

于是我跟了过去，站在她旁边，然后从冰箱里面拿出一支跟她一样的冰淇淋。她想顺便挑些零食回去，好打发时间。

我们沿着货架边走边选，偶尔停下来，好奇地看着那些包装得格外精美的食品。

诗涵安静地站在那里，手中拿着一包饼干，我从侧面凝视着她清澈的眼睛，然后从身后轻轻抱住了她。她并没有惊慌。我们像是定格在那里。

直到我听见后面有一个声音，好像是在叫我名字，连续呼唤了几声。

我缓缓地转过身，在转角的地方看见了莉汐。她弯曲着身子，正微笑地注视着我们。我下意识地松开诗涵，不知所措地看了下她，尴尬地从嘴角挤出笑容……

七哥是个小气的男人。他限制诗涵的上班自由，规定她的作息时间，要求她的营业额必须达到一定的数量。他说，顾客是上帝，工作的时候，需要提高个人积极性。诸如此类的话。他就如同一个理论学家，提各种要求让她遵循。即使没有一个人，也叫她务必拖到规定时间才能下班。有几次，七哥的店里很忙，诗涵也便顾不上吃饭。我从餐厅买盒饭回来带给她。

她每天下班时间太晚，回去的路上寥寥无人，而且又是冬天，外面异常寒冷，风刮在身上有一种刺骨的痛。

后来我开始送她回宿舍。在路上，我把唐辰的事情都告诉了她。

"不可理喻。你以为我是一件礼物吗，可以推来送去。"她生气地说。

"你说得对，我也无法原谅自己。"

我知道她是真的生气了，却又不知道如何向她解释，但我知道，爱情是两个人的事，与别人无关。

七哥的店仅仅维持了半个学期。我不知道是什么原因让他关门。

那天我在超市买东西，我看见他把店里的所有东西装进几个很大麻袋里面，丢到一个三轮车上面，然后被拖走。什么都没有留下，除了我的画还挂在墙上，一张不少。

其中一幅风景画是我和庆森去火车站附近写生的。那幅画，花了两个下午的时间才完成，作画的那天十分闷热，我们从早上一直待到日落，画的是河岸的景色。蓝色瓦片的房子，远处的炊烟，苍翠欲滴的菜地，森林，以及一片墨绿色的湖。

不知道为何，到那里之后，突然在脑海中闪现出一种微妙的灵感，若隐若现，这让我联想到塞尚的一幅风景画《圣维克多山》。他的后期作品有着返璞归真的妙趣，笔触轻快，色彩素淡，技法有些趋近水彩。

天气已经开始转冷。

学校到处都是裹着围巾穿着羽绒服的学生。诗涵依然还是穿着单薄的衣服。尤其到了晚上，外面凛冽的空气仿佛可以渗入骨髓。几乎每天我都过去，等到她下班，然后送她回宿舍。

在路上，我习惯把她手抓过来，放在自己手心，然后反复地摩擦，产生热量，给她取暖。

有时我穿着那件黑色大衣，她就把手塞进衣服口袋里面。我始终觉得她身体虚弱，缺乏温度，手始终是冰凉的。

那段路，我们重复走了无数遍，上面沾满了深刻的回忆。

后来始终没有见到唐辰。他像是消失在学校。他的电话一直打不通。始终停机。我去宿舍找过他，但听别人说他已经搬出去了。

十二月份的时候，得到了关于唐辰的死讯，是沐川告诉我的。他说唐辰死的前天，他们还在一起喝过酒。

第二天，我去他住的地方，里面浓烈刺鼻的煤气味让人感到窒息，我发现他躺在床上，手上还戴着一枚戒指。在他的窗台上摆放着一个透明的水晶杯，里面放了一朵玫瑰，凋零干枯，失去颜色……

唐辰死后，诗涵掉下了眼泪。

悲凉与伤痛占据了内心的一切。她变得沉默寡言，情绪低落。我打电话过去，始终都是无人接听，已经有一个月的时间是这样。

她恢复了平静的生活，除了每天去上课之外，便把自己藏在宿舍。后来小惠打电话给我说她心脏病犯了，现在在医院。

我放下电话，心里焦虑不安。

我搭车去人民医院。

诗涵安静地躺在病床上，小惠也在。我把手中的水果放在床头柜上。小惠和我打了个照面，凝视了下诗涵，然后离开病房。

病房在四楼，走道上坐着病人的家属，脸上布满愁容，孤独地凝望着远处。和所有医院一样。到处弥漫了消毒水和药物的浓烈气味。这种气味仿佛充满了死亡与恐惧的气息。我轻声地问她：

"诗涵，你还好吗？"

她轻微点头，没有说话，目光因为悲伤显得呆滞。我为她削了一个青色的苹果。她微微坐起，她注视着我，外面的光在她眉宇肩闪过一道白影，依然只是静默。

"事已至此，已经无法挽回，可是还有什么办法呢？"

"我想到他，心里就开始疼痛不止。他死了，可我觉得他的

死是因为我。这种切肤的内疚感一直潜伏在我的血肉之中，无法
磨灭。"

说到这里，她的泪水已经忍不住涌了出来，热泪盈眶。

我把她拥抱在怀里，想以自己微弱的体温融解她内心的悲凉
和沉寂。我知道她害怕孤独。她的泪水，簌簌滴落在我的白色衬
衫上面。

直到她的情绪渐渐缓和下来，我把手中的苹果递给她。

我上前打开窗。下午的光线十分柔弱，映在苍白的墙上，像
是时光残留的痕迹。不知道为什么，她的这番话让我内心颤动，
同时，也为之难过。某一时刻，我觉得唐辰的离去为了证明自己
的爱，因为死亡意味着永恒。

我帮唐辰整理留下的遗物，包括书籍、唱片、乐谱、日记
等。我坐在床边，打开那个蓝色的笔记本。里面是他平时写的日
记。厚厚的一本，用黑色碳素笔写下的，字迹清晰。

我刚开始打开笔记本，并没有发现任何文字，后来出乎意料
的发现，原来他习惯颠倒顺序，从后置前地写。我展开了最后一
页，看见一段文字，内容很短，如同随笔。

"她似乎已经不爱我了。她的眼神让我感到陌生和不安。我
原本以为只要在一起就可以爱下去，但不是……我就像是坠入了
一片深海，冰冷孤寂，无力自拔。有时我面对着她，她在身边，
离我很近，但我却感觉不到彼此的爱。可有时，我又觉得她对我
的爱是真切执着的。我怀疑这究竟是不是爱情。我很茫然，有太
多谜团困扰着自己，这让我进退两难。爱情为什么总是充满着自
私与矛盾呢？这难道是上天给予的考验，还是别的？我发现自己
并不能给予她什么，尽管我还爱着她。我知道我对她的爱永远不
会消减。尽管如此，但我看得出，她并不快乐。她仿佛在等待一

个人，为她开启内心的那扇门。而这个人，是离我最近、情同手足的朋友，我却视而不见，拿我们的情谊做牺牲、交换。想到这里，我就觉得自己太自私太愚蠢。我想通了，也决定了。我不能再这样爱下去了，一天也不……"

我把唐辰的遗物交给校务部，除了那本日记，我将它留下。它在某种意义上，坚定了我对爱情的信仰和勇气。让我兀然觉得死是生的延续。这种对死的感知，使我内心获取了一种强盛的、坚不可摧的力量。

唐辰的离去像是隐藏在我内心深处的一道伤口，时间再久，也无法愈合。走过的那些风景也随之散去，再也看不见。也许这就是世间所谓的得失。很多人就这样，渐渐消失，带走属于彼此的记忆。

他背负着所有记忆向身边的人告别。我每次想起他总觉得记忆中的某些片段是一片空缺，仿佛并不存在，上面没有写下一个文字。

我们寻觅感情的根源，追溯与记忆相关的线索与迹象，然而遗忘了时间本身。我的退缩与怠慢印证了内心的软弱。害怕爱情无声无息地演变，仓皇之中，已经丧失原有。

我就像一只慢条斯理的虫子，不想冒险，不想选择，所以只能静默地守候在原地。很多话只有在深夜才能讲出来，只有在电话里才可以阐述清楚。

唐辰死后的第二个月，沐川被公安抓捕。

飞鸟

南方阴雨，北方下雪。

期末的日子是寒冷的，一直下雨，持续了将近半个月的时间。离开学校的前天晚上，我打电话告诉诗涵说明天离开，可能在武汉停留几天。

她说，我们有可能在武汉见面。

晚上，我把她的名字拆成若干个偏旁部首，然后用彩色铅笔写在素白的墙上，它的存在，如同一行未知的爱情密码。没有人知道它所存在的真正含义。

那几天我一直待在武汉，陪庆森报考湖北美院的研究生，停留在学校附近的一个酒店里面。

那个酒店离美院很近，简欧风格，主题色调是黑白，房间布置和装饰十分简练。透过玻璃窗可以看见学校里茁壮高大的树，枝繁叶茂。白天我在房间看电视，听歌，睡觉。偶尔跑到街上的书店打发时间。

晚上，我和庆森去外面一家湘菜馆吃饭，点了泡椒鱼头和辣子鸡，要了一瓶白酒，菜的味道十分辛辣，感觉舌头已经丧失了知觉。

"毕业之后有什么打算？"庆森把我的杯子添满。

"想开间艺术餐厅。"

"想好去哪儿了吗？"

"应该是南方，靠海的城市。"

"为什么呢？"

"因为我喜欢大海。"我笑着说。

第二天，武汉下起了小雨，天空灰蒙，迷雾沉沉。

我带着伞去长途客运站接诗涵。在人潮涌动的出站口，我遇见了她。她穿着红色羽绒服和牛仔裤，满脸疲惫，如同一朵缺水的花。

"你等了很久了吧？"她哈了口气。

"我也刚到不久。"

"我的头还有点晕……"

"回去好好休息一下。"

"嗯，累死了。"

"我们走吧。"

"等下，还有一个朋友要过来。"

我和她站在外面避雨。她双手交叉，搂抱在怀里。

"冷吗？"

她摇头，我把自己的围巾取下，裹在她的脖子上。

直到那个女孩出现，我们三个人坐车去湖北美院，把行李箱放到宾馆，然后去外面吃东西。

三个人挤在一家小吃店的最里面，点铁板饭和西米露。店里狭窄，只摆了几张简易的餐桌，墙纸是浅绿色的图案，看起来很素雅。

我们旁边坐着几个人，耐心等待着自己的食物。外面又开始飘起了雨，朦朦胧胧，断断续续，直到我们离开这里，才缓缓地停驻下来。

出来之后，夜色开始变暗。

我拖着诗涵的行李箱送她们去等待公共汽车。穿过一条繁华的街道，到处都是人群。我想起以前她说过的话有些忧伤，似乎物是人非。而那些话放置在苍白的时间之中，也变得渺小，甚至微乎其微。我又想起一年前的那个仲夏，我、唐辰、庆森在武汉度过的那一夜。离别之时，我说：

"到了记得发信息给我。"

"恩，再见。"

快要上车的时候，她转过头，注视了下我被细雨淋湿的脸。微笑，挥手。我站在原地，看着消失在雨中的车，心开始微微泛着疼痛。

在家中，过完那个冬天。

以前一直习惯把手机放着枕边，方便接听电话，直到遇见诗涵，她告诉我说手机不要离大脑太近，会有辐射。后来才改掉了这个习惯。

与一个人相处久了，自然会染上对方的某些习惯。

一个人在家里的时候，也会显得孤独，偶尔会接到庆森从天津打来的电话。他说，我们这里的温度已经到了零下，撒泡尿就会结冰。我们在电话里肆无忌惮地笑。更多的是诗涵发给我的短信，几乎一半都是她发来的。

有一次，我出去之后，我妈妈接到她的一个电话，是诗涵打过来的，她们在电话里聊了很久。回到家之后，妈妈便把这件事情告诉了我，又问我哪个女孩是谁。她说："找了女朋友都不告诉我们啊。"

"哪有。"

其实和小惠说的那样，我什么都藏不住，一切写在我脸上。

每次接到她的电话，我都很欣慰，似乎这个世界只剩下一个可以与之联络的人。

新年晚上，房间的钟准时敲响。十二点整。

我站在阳台上看着城市上空烟花陆续绽放。颜色绚丽，夜空瞬间照亮。我拿起电话和诗涵说新年快乐，电话里的声音很嘈杂，无法听清。

此时，眼前的烟花不停升空，降落，直至消失，宛如那些灿烂的时光和记忆。同时，我的心情也随同烟花的熄灭而黯淡下来。

我想起了唐辰，想起了这个让我心痛的名字。这种内疚感始终沉淀在我的内心深处，无法被时间带走，无法被快乐抹去。

我提早来到学校，走到时候，从家里带了一些新鲜的橙子，用纸包好，放进袋子。

那天莉汐去火车站接我，她戴着一顶灰色礼帽，上面有一片色彩奇异的羽毛。她伫立在喧闹的人流之中，目光凝滞，依然化着烟熏妆，勾勒了眼线，造型十分摩登。

我一眼就发现了她。

她走过来，微笑着站我面前，然后一手接过我的包，然后径直走到路边拦截出租车。

在回学校的车上，她问我：

"参赛作品准备好了吗?"

"还没有确定下来。"

"啊，时间不多了，你得快点准备。"

"我尽快吧。"

"拭目以待哦。"

"谢谢，希望不会令人失望。"我惭愧地说。

在校门口，我们分开，她说去超市买些东西。

我直接回到自己的住处，脱掉鞋子，躺在床上，感觉疲惫不堪。眼睛因为熬夜而有些疼痛，翻了几页青山七惠的《窗灯》，然后渐渐睡去。

七点钟的时候，我被手机铃声惊醒，是莉汐打来的电话。她说在学校门口等我。

我洗了澡，穿上白色衬衫，是去年夏天买的衣服，已经开始变皱，换上黑色尖头皮鞋，然后出门。走时从旅行包里拿来几个橙子。

莉汐带我去一家陌生的餐厅。地方偏僻，却很清静。老板种了几盆鸢尾放在窗台边上，进门的时候，便看见这些深蓝色的花，翠绿的叶子，蓝色的花瓣，如同展翅欲飞的蝴蝶。她带着几分好奇上前打量，她说：

"这种花以前在书上见过。"

"是鸢尾花。"

"我想起来了，凡·高画过这种花。"

"你喜欢这个画家么?"

"喜欢。"

"我看过《凡·高传》，他大概是世界上最孤独的艺术家……"

我给她剥了一个橙子。

服务员端着菜走过来，我要了一瓶青岛啤酒。吃饭的时候，她给我夹菜，她的眼神告诉我有好多话要说，但没有。

其中，她又提到了那次去婺源写生的事，我突然很怀恋那个静谧的小镇，远离喧嚣，与世无争。有时也并没有什么可以告知对方。

内心是一座孤岛。因此我们总是选择静默，就像瞬间丧失了说话的权利和职能。

吃完饭，她提议去市区酒吧喝酒。已经过了十点，没有公交车直达。后来在路边拦了一辆的士过去，坐了二十分钟就到那里。

那个酒吧叫蔓延，名字给人一种虚无的定义。以前和唐辰他们去过那里。酒吧建在天台上，需要乘坐电梯。到达楼顶的时候，感觉自己就像浮在半空一样。

要了一瓶黑牌威士忌。放进冰块，然后小心翼翼地把酒倒进一排子弹杯里面。我知道她经常喝酒。酒喝了一半，她又上前去点梅艳芳的歌。耳钉在幽暗的光线下显得格外耀眼。我靠在角落里，为自己点燃一支烟。

中间，她接到一个男人打来的电话。她的声音很大，情绪失控，在电话里咒骂对方。她说：

"你迟早会毁在那个狐狸精手里……"

她心烦意乱地挂了电话，眼神落寞而空洞。我给她点燃一支烟。抽了一半她就哭了，身体缩成一团。

我把她扶起来，靠在我肩上，我感觉到她的身体在不停颤抖。我拿出纸巾给她擦拭脸颊的泪水，被涂乱的口红痕印像伤口一样。

我们从酒吧出来，已是深夜。

午夜冰凉的风打在脸上，有一种刺痛感。我扶着她坐车回学校。

在车上，她靠在我身上。我把车窗打开，让外面的风呼呼灌进来。外面灯火阑珊，轮廓分明的建筑物一闪即逝，渐渐消失在无边的夜色之中。

她说她的父亲在外面有了情人，这件事一直瞒着家人，直到现在，他提出离婚。我听到这些的时候很愤懑，同时也为她感到心疼。

　　我突然联想到唐辰那个惨淡破碎的家庭。我总觉得他的死和家庭有着必然联系。他仿佛死在冰冷而僵硬的绝望之中，死在无人理解的孤独之中。而至于爱情，也许是其中的一部分。

　　下车之后，她在路边开始呕吐。

　　我去路边便利店买纯净水给她漱口，另外买了包烟。我们像两个无家可归的孩子，坐在马路边，静静等待天空发白。

　　风吹过来，感觉到一丝凉意。我把外套搭在她身上，她转过脸看着我，然后笑了，我莫名其妙地望着她。"你现在好些了吗？"

　　她朝我点头。

　　后来，我才意识到我脸上沾满了她鲜艳的口红，像伤口一样暴露在脸上。

　　第二天，我坐在房间看一本关于莫兰迪的画册。随后收到诗涵发来的一条短讯。她说明天下午到学校，带了很多东西。

　　那天晚上，我回到男生宿舍。庆森睡在我的下面。他和上海那个女孩通很长时间的电话，兴致勃勃地讲了将近两个小时。我把 MP3 拿来听歌，音乐淡淡地沉淀在记忆之中，然后我在缠绵悱恻的旋律中渐渐睡去。

　　在梦里，我看见了女人，以及她身后即将枯萎的鸢尾。

　　莉汐拥有男人的理性。她对生活没有抱任何希望。偏执，消极。青春在她的脑海的定义是黯然失色的。

　　她高三的时候就交了男朋友，是社会上的一个小青年，后来他们发生了关系，因为怀孕的事，他提出分手。她为了瞒住家人，自己向朋友东拼西凑借了些钱，在当地一家私人诊所做了人流。由于医疗设施简陋，卫生条件恶劣，从而导致那次手术并不成功，给她留下了后遗症，生殖系统出现了严重的问题。

医生说，可能会影响到以后生育，这要看你的造化。

这些就像是潜伏在她身体中的一个毒瘤，随着时间，愈演愈烈。她伤心欲绝，曾经想过放弃卑微的生命。那年，她在学校洗手间用工具刀划破手腕，流血不止，幸好被同学及时发现，才抢救过来。

她觉得，生的本身，就是绝望。

我去过莉汐的住处。

她的房子租在一条冷清的街上。那条街，像是搭建在黑夜之中的一个迷幻的舞台。白天萧条，晚上喧嚣。马路上的灯一如既往的昏暗，如同沉睡在梦中的眼神。

她住在三楼。阳台上种了几株藤蔓，还有一盆仙人掌和玫瑰。另外养了一只白色的猫，绿色透亮的眼睛，看起来异常诡异，平时它很少逗留在房间，它最喜欢的去处就是房顶。

"隔壁住着一个陌生女人，几乎每天晚上都能听见她歇斯底里的呻吟，像是在哭泣。后来那个女人搬走了，消失在这个城市。其实，我有时很羡慕那个女人。至少这个世界还存在一个人可以去爱。"

"人也许只有在绝望中，才会看清自己的所需。"我说。

她的房间很暗，白天跟晚上一样，暗无天日，没有光线。她说自己其实并不喜欢阳光，因为太过剧烈，太过直接，以至于把这个世界显现的过于清晰露骨。

因为摄影，她去过很多偏远、贫瘠的地方，包括西藏、新疆、云南、贵州这些地方。背上行李，独自远行。她把这些路途的回忆定格在照片之中，为的不是留恋，而是亲身感受。感受生命中那些微乎其微的存在和快乐，这些就如同按下快门的那一瞬间，仿佛定格永恒。

在她房间，四周的墙上贴满了森山大道和荒木径惟的黑白照片。她不喜欢过于花哨的东西，她觉得美好的东西无关形式，它的优雅永远忠于内在的本质。我说：

"你为什么喜欢摄影？"

"因为真实。"

"是啊，照相机不会说谎。"

"有时也会。"她说。

我的参赛作品是肖像油画，莉汐最终做了我的模特。我画她。我不知道自己为什么不选择诗涵，而是她。

在她那间昏暗的房间中，我摆好颜料和画架，拉开窗帘，让一部分阳光透进来。我从来没有想到自己会有这样的想法，就像诗涵以前说过要做我模特，但我总觉得置于她面前而无法动笔，内心难以平静下来……

这对于自己而言，不得不算是一个挑战。因为我以前并未尝试过这种写生，大多只是临摹。但从构图起稿那一刻开始，我便发现作画的过程是那么的得心应手。无论是构图，还是用色，一切似乎早已在脑海中有了既定的轮廓。

那幅画持续了一个月的时间。

几乎每天都会去她那里画画。有时因为需要等颜料干透才能继续，尤其到了后期，既要掌控整体效果又要注重细节，每一个步骤都需要小心翼翼。那种作画的激情从来没有随着时间而减退，而且感觉越画越具备一种强烈的定力和耐心。

画画的那段时间，她经常在家做饭，自己去市场购买蔬菜还有水果。她只会做煎蛋和鱼。后来，我亲自下厨，教她做熟悉的菜式，其中有红烧肉和啤酒鸭，这是我喜欢的两个菜。因为以前在家经常跟父亲学做菜，所以做饭对于我而言，是轻而易举的事。

晚上，坐在露台上面，搭上桌子，摆好酒，这样吃饭觉得充实而满足。在露台上吃饭，很特别。

夏夜的空气偶尔会吹来一阵风。凉幽幽的抚摸在皮肤上。从上面可以看见街上的行人以及来往的车辆。漫天寥落的星辰，泛着微光。

她喜欢听音乐。在她家里到处都是她收集的歌碟。这些歌碟大多是英伦摇滚和古典音乐。那些曲调清新而迷幻的摇滚，就像突如其来的情绪一样，变幻莫测。她说自己喜欢这类音乐。

作品结束的那天，我坐在画架前面抽烟，欣赏自己的作品。她穿着碎花白裙，站在我身后，露出满意的表情。

"良君，我们出去拍照片吧。"她走到我的前面，突然说道。

"好呀。"

她带着胶片相机，很老的款式。我们去附近，去广场，然后穿过喧嚣的街道，一直走到郊外。

那里宽阔而且荒芜，除了延伸的高速公路、稻田、树、电线杆，仿佛没有别的东西。我们看风景，说话，忘记了拍照这件事。

在那些大片大片的稻田的旁边，有一条河，并不算深，可以看见里面的石子和漂浮在水面的叶子。

我们站在公路旁边，眺望着朦胧的远方，那里有绚丽的阳光，在天边染成玫瑰的颜色。她指着天边：

"你说山的那边是什么地方？"

"是广州。"

"不对。"

"是湖南吗？"

"也不对。"

"那到底是哪里呢？"

"是我们没有到过的地方……"

"看来你也不知道嘛。"

"以后就知道了。"

我总觉得我们还相爱着对方，但我发现我们只不过是伫立在河的两岸看风景，近在咫尺，遥不可及。

走了这么远的路，心还是累了，彼此沿途欣赏美丽的风景，这条路延伸在时间的洪荒之中，看不到尽头。我们最终无法到达彼此内心的那片岛屿，注定只是萍水相逢的两个过客。

如果没有遇见诗涵，也许事情会朝向另一个方向发展，也许我和莉汐会彼此珍惜，相濡以沫。

这断然只是自己的臆想。我宁可相信所谓的宿命。

三月，莉汐去了海南，她如愿以偿地去了自己想去的地方。

走的时候，她留给我一个白色信封，里面是她拍摄的照片，每张照片后面写了日期和地址。我把这些照片放在抽屉最里面。

在那些照片中，有一张是在婺源写生时候的照片。照片中，我拿着画板，身前是一条清澈的河流，后面有一间荒废很久的房子；有一张是在火车站拍的，我伫立在拥挤的人群之中，神情盲目；还有一张是我们的合影，在珠海的照片，画面中，我们贴着脸，阳光下无比灿烂的笑容。

这些照很珍贵，就像我们的遗失的记忆一样……

此后她再也没有回来，音讯全无。

这个月理当阴雨连绵，但始终天晴。我和庆森坐在房间里面看岩井俊二的电影。外面是明晃晃的太阳。我突然很想素枝，于是试着拨她的号码，这次通了，但没有人接。

看完《关于莉莉周的一切》，我再拨了一次诗涵的电话，结果通了，说话的声音很微弱。我说：

"还在生我气吗？"

"如果生气，手机就不会开机。"

"今天阳光很好，出来走走吧。"

"嗯，你在宿舍下面等我，我换好衣服就下楼。"

她答应了我的请求。我在宿舍门口与她碰面，从我们宿舍到后山很近。我带着相机出去。

她穿着黑色丝边的裙子，红色针织衫。我们绕过学校院墙，穿过菜地，中间经过一条长满野草的小径，最后到达一个小山坡上。

这是学校后面的景色，空旷，寂寥。因为人迹稀少而显得荒凉。我们站在山坡上，身旁有一间废弃的房屋，仅剩下框架结构。

在房子的转角处，我隔着一面窗给诗涵拍下一张照片，画面是她肆无忌惮的笑容。

四周都是盛开得如火如荼的大片油菜花，颜色格外鲜艳。菜地中间有一条唯一通向马路的小径。大簇大簇的油菜花把这条小径遮挡得严严实实，难以分辨去向。

我拉住她的手，我走在前面探路，慢慢地离开这里。身后的阳光似乎可以穿透人的身体。

回来的时候，经过一片树林，叶子翠绿，枝繁叶茂。风吹过，像大海一样泛着波浪。她站在我身后，按下快门。我不太习惯拍照。每一张照片似乎都是同一种表情，僵硬麻木，极不自然。

她拍下的仅有一张相片是我行走时的背影。我看着自己黯然的背影，感觉有些忧伤。阳光将世界刻画的太过清晰，似乎不留余地。

我和诗涵坐在学校旁边的一块空地上面，前面是一片湖。湖水被阳光染成了金黄色。空气中偶尔吹来阵阵微风。

我环视了四周，一切过于熟悉。河流、森林、油菜花、小径，以及无处不在的阳光。这里的一切仿佛经常轮回在我的梦中。

我们静静地坐了很久，直到太阳的光线变得微弱，颜色在各自的瞳孔中渐渐减淡。她看着湖面，我看着她。

离开的时候，我亲吻她的脸，她闭上眼睛，这时有一群鸟飞过，兀然掠过天空。我说：

"再过两个月，我就要离开这座城市了。"

"会怀念这里吗？"

"会的，我连做梦都梦到这里。"

"看来你会带着这些记忆离开。"

"希望如此。"我又把目光转向那片温暖的天空。

中午，诗涵打电话给我，说晚上在老地方见。

那天她生日。

我坐公共汽车去市中心的商业街买一件生日礼物。在一家银饰店中，我看中了一对戒指。式样简洁，是我喜欢的样式。犹豫了很久，最终未买。

在回来的路上，发现自己依然两手空空。因为我觉得这件礼物所具备的意义过于沉重，我害怕彼此间的感情承受不起。后来，我去了书店。我决定买一本小说。关于青春的，名字我忘了。

那本书放在不显眼的地方却第一时间吸引了我的眼睛。书的封面是一张纯净的照片，渗透着夏天浓浓的味道。和任何一件礼物一样，没有任何特别特殊含义。

在学校门口见到她时，她有些生气，我知道原因在于我，因为她在餐厅等了我很久。

吃饭的时候，我从桌子下面把她的手抓过来，一直没有松开。来的那些人中，除了我和她的班长，其他的都是女孩子。我一直保持着静默。

我向诗涵解释晚到的原因，她什么也没有说，只是从脸上绽放出会心的微笑。她理解。自然也不会放在心上。

我在陌生人前面显得不太自然。我坐在那里，无所事事地看着手中的茶杯。诗涵和我说话，让我不会觉得无聊。

我从后面桌子上拿过书，然后递到她手里。那本书我买下之后，我又拿到学校门口的一家饰品店用彩色的纸包装了起来，上面用粉红色丝带系了一个蝴蝶结。

她没有打开，她不知道里面到底是什么。

那天，她穿着白色衬衣，黑色小西装，高跟鞋。那天没有喝酒。从餐厅出来，天色开始变得浓郁，逐渐发暗。我和诗涵走在后面。她说：

"良君，你说爱情有没有保质期？"

"我觉得没有。"

"是吗？"

"因为爱情不是物质，所以它不会变质。"

学校组织的原创作品大赛终于尘埃落定。画展定在美术楼的大厅。很多人的作品都被展示出来，其中有风景、静物、肖像，以及人体。在那些画中，我的画像是被周围的作品给孤立起来。大厅里观展的人很多，有人议论我的那幅作品，仅仅是学术上的问题。他们也许并不知道画中那个女孩在作者内心的意义，包括我。

画展结束之后，那副肖像画完好无损地退还到我手中。获奖名单已经公布下来，张贴在宣传栏上面，我没有去看，消息是庆森告诉我的。

我根本没有预料到自己会获奖，在那些专业人士面前，我只觉得自己的作品不堪一击，因为我学的是设计。我在乎的只是自己的兴趣，并非所谓的观赏价值。这一点，我与他们有所区别。

那天晚上，学校举行颁奖仪式。

我让诗涵陪我去领奖。之前我并没有告诉她这件事，我想给她一个小小的惊喜。我们坐在学术报告厅的后面一排。

那个会场特别宽敞，天花板上的灯将室内衬托得十分明亮，就如同白天一样。学校凡是有什么大型活动，似乎都会在这里举行。

那天的颁奖活动中穿插了文艺节目，各式各样，精彩纷呈。我穿着一套黑色低领西装，白色衬衫，穿着平底的休闲皮鞋，没有扎领带。我习惯性的抓过她的手，掌心紧紧靠拢在一起。

坐了很久，直到听见主持人念到了我的名字。很多人都把头扭过来，似乎是在提醒我。我一下子回过神来，起身朝前面走去。

依然是老套的形式，颁发证书，作者讲述创作心得及感言。我没有太多话要讲，我说：

"内心的感知才是创作灵感真正的来源。这幅画是我记忆的一部分……"

我和诗涵走出来的时候，外面有柔柔微风，轻抚在皮肤上，像爱人的吻。

我看着手中那张鲜艳的证书，上面工整地写着我的名字，我没有为此感到骄傲、满足，反而感觉内心有种突如其来的失落感。

我知道是因为缺少一个人。

那些舞台、灯光、证书、人群，以及掌声，他们像冰冷的海水一样在我内心起伏，潮起潮落，不停地撞击着脆弱的心灵。

我们走在宽阔的马路上，两旁的灯像是惺忪的睡眼。高大的柏树被这种迷离的光线渲染成一片暗蓝色。天空有历历可数的星辰，冰凉孤寂地泛着微光。

我突然变得安静。她似乎看出了我的心事。我们经过那个小丛林的时候，她转过脸，眉宇间闪过一丝忧郁，她说：

"你是不是依然爱着画中的那个女孩？"

"那是以前，都过去了。"

"在你内心深处一直存在着一个无人替代的空位。这么长时间以来，关于你们的事，我只字未提，也从不过问，但这并不意味着我毫不知情。那天，我看见了你抽屉里的那些在海边拍的照片，当我看见那些照片的时候，我觉得她才是你真正要爱的那个人，而不是我。良君，你怎么对我都可以，因为我爱你，但我不希望看到欺骗，敷衍……"

她将心底的话娓娓道来，像是细心拆开一个秘密的盒子。从她的眼神中，我仿佛看到了淡淡的落寞和失望。可我知道，走过的路，难以回返。

彼此再也没有沿着这个话题谈论，我也没有解释。

此后有一个礼拜没有和诗涵见面，没有联系，短讯也没有。彼此的存在，就像受伤的鸵鸟一样保持沉默的姿态，借用孤独为自己疗伤。

在她生日之前，她说打算五一去武汉大学，看樱花。这个计划最终还是落空，未能实现。

她像以前一样把自己关在宿舍，什么都不做，除了上网和睡觉。关机。我无法与之取得联络。因此内心始终显得焦虑不安。后来，我在网上遇见小惠，她问我：

"你和诗涵在一起吗？"

"我好久没有见到她了。"

"那你是不是说了什么话啊。"

"我也不知道。"

有好多感受我可以无所顾忌地告诉小惠，我说我爱诗涵。可是在她面前，却没有开口的勇气。隐藏在内心的这种爱一直没有停止。也许我们需要时间来弥补这份感情。

好多感受埋藏在自己内心。它们在时间中生根发芽，长成参天大树，乃至树下留下一片浓密的阴影。我有时对小惠讲我们的事。倾诉，只是为了敞开心扉，打开内心一扇门，让阳光透进那些阴糜潮湿的角落。那些话始终只能告诉别人。

言语仿佛变成了彼此心里一面坚不可摧无法逾越的城墙。隐瞒，逃避，疏远，沉默，一切随之而降。

时间宛如洪流。

那几天，我独自走在学校，看着那些孤独的树，突然觉得很难受。我姐打电话给我，问我：

"什么时候可以离校？"

"想走随时可以。"

"那你不如过来待些时，顺便看看有没有合适的工作。"

"嗯，那也行。"

走的前一天，我告诉诗涵，说明天去趟广州。大概一个星期。她没有回信息给我，我看着毫无反应的屏幕，上面依然设置着诗涵站在草地上的那张笑脸，内心苍白。我想离开几天。

庆森说去火车站送我，我回绝了。我说我想一个人离开。我清楚如果一个人看着自己离开，这样的场面会显得格外伤感、凄凉。

是晚上九点钟的车。

我坐在候车室，等车乘客并不多，稀稀疏疏地坐在那里，看报纸，听歌，说话，看手机，吃零食。这像是我见过最烂的火车站。灯光暗淡。

我靠在座椅上听歌。手中拿着麦克尤恩的一本书——《只爱陌生人》。他描写人性的欲望和空虚。翻了三分之一，无法继续，思维无法沉静下来。我看见对面一对年轻男女已相拥睡去。

窗外的夜色一片沉寂，有历历可数的几盏星辰。

我看了下时间，还有四十分钟。这其中，有一个朋友打电话给我，说了将近一个小时。当我从洗手间从来的时候，突然发现大厅里似乎少了好多人。

火车已经开走了，走了将近四五分钟。我慌忙地在电话中和她说了再见，退票。坐下一班车，发车时间是深夜两点。

那列火车很空旷，没有太多乘客。我径直走向最后一截车厢，找好一个位置坐下。喝瓶子里面的纯净水，拿出 MP3 听音乐，然后把鞋子脱了躺下睡觉。

火车的轰鸣声十分嘈杂，难以安睡，我拿着电话打给诗涵，停顿很久才接通，但电话那头依然没有声息。只有轻微的叹息声，像呼吸一般凝重……

其中一个列车员坐在我对面，她翻阅我放在桌面的一本时尚杂志。窗外的夜色十分浓郁，像一幅古典油画，充满着神秘。

在火车阵阵起伏的轰隆声中，我渐渐地睡着。

在广州停留了七天。

我住在我姐姐家里。她依然每天按时上班，周六周日休息。晚上我下厨做好饭菜等她回来。白天在家里，无所事事。除了看书，听音乐。无其他事，无法写作。偶尔会在脑海中闪现零散的句子。长时间待在固定的空间中会感到孤独或者压抑。

有时，会坐公汽去另一个地方，对于站牌没有任何概念。总之，不会至于迷路。陌生的路途让我觉得欣慰，安全，心有所属。

我始终认为，艺术家是缺乏安全感的一类。他们把精神世界看的比物质世界更为重要。

有时一个人去图书馆，坐在角落看几本小说。习惯带上一个笔记本和一只中性笔。记录，摘抄，这种习惯始终没有改变。

中间，我独自回了一次学校。

因为毕业的事。我并没有把自己回来的消息及时告诉诗涵。我知道，我们之间依然存无法退却的冷漠和疏远，像一条不深不浅的河将我们分隔两岸。

我只是把广州换的新手机号留在网上。其实，就在我写下的那天诗涵便已经知道。我们在时间洪荒中等待，等待对方表明自己的立场和态度，给予一个说服自己的理由。等待一个电话，一条信息，这是填补感情的形式。

一切问题都在于时间被悄无声息地溶化成一种依赖，就好比她说自己十分想我。我们无法分别，无法面对突如其来的分别。

等待，就像整个夏天一样漫长，而且让人感到不安。

一个星期之后，我离开广州。

时间让我们感觉彼此很陌生。过了几天，我拨通诗涵的电话，我说我回学校了，中间有一段时间沉默，彼此无言。始终有一种不安存在内心深处，我清楚我们最终面临着分别，这是不可改变的事实，铁定无疑。时间就像河水一样，会把记忆的沙子冲的很淡很淡。

我想到这点，就感到绝望。

到学校的那天，庆森说他看见了诗涵。在宿舍门口。和另外一个女生站在一起说话。她穿着白色短裤，蓝色 T 恤。她说应该是去移动营业厅交话费。具体也不太清楚。听到关于她的这些信息，突然很想她。

我们通电话，发信息，但并不见面。我们像刺猬一样敏感，退缩。

有时觉得这样未必是件坏事。至少在彼此内心始终有那么一个人存在。可以想她，可以关心她，可以与之倾诉，可以告诉自己的绝望和悲哀，可以无所顾忌地去爱她。没有欲念，没有企图，只有一种盲目而执着的真实感受，深入内心。

她告诉我她心中的种种疑惑和困顿，害怕彼此没有理由地错过。她知道能做的事是如何的微不足道。时间像是潮水，无声无息地向自己靠近。她害怕那一天。

她告诉我说，你走后，学校感觉空了。不知道该去哪里。到处都是零星的冰冷的记忆。

其中，我去找过诗涵一次。我给她带了两本新买的书，欧文·斯通的传记小说《凡·高传》，以及勒克莱齐奥的《流浪的星星》。

那天是小惠接的电话，她说她出去了。小惠和我用家乡话交谈，她半开玩笑似得问我，她说：

"你是不是离不开诗涵？"

我沉默。

我不知道如何回答这个沉重的问题。我知道这是一个时间的问题。

后来，我在她宿舍楼下一直等到她出现。我们在学校里闲逛，漫无目的。累了就坐在香樟树下休息，听她说话，讲她的童年。她童年的那段回忆是惨淡的，毫无快乐而言。

她说小时候一直寄宿在舅舅家里，所以避免不了会孤独。因为缺乏爱的呵护。

和诗涵有过一次争执。

在电话中，她说了几句就挂了。我没有向她解释。我知道时间可以证明一切。我打了很多个电话给她，始终关机。

有一次我打给小惠，她在电话中告诉我说她昨天和诗涵逛街，看见我和一个女孩子走在一起，而且过马路的时候，那个女孩挽着我的胳膊。

我知道她说的那个女孩是莉汐。

那天是陪她去医院做定期检查。她无精打采，精神恍惚，感觉似乎随时可以倒下。她的身体状况似乎一直不佳。

她出来的时候，我搀扶着她，她始终没把检查报告给我看。

"什么问题都解决了，以后都不用来了。"她微笑。眼神中闪过一丝忧郁和惶恐。

我在学校的最后一段时光。晚上我拿着书去自修室，一个人坐在空无一人的教室看书。我不知道该在那个黑色封面的笔记本上写些什么内容。外面的风透过窗台吹进来，轻轻地翻开了桌上的书。

MP3 里面的音乐已是最后一首。低沉而黯淡的旋律在耳边不停回荡。*When you told you love me*。每次听到这首歌，总会跟随着音乐的旋律将内心的伤感逐渐升华。音乐映衬着一个人的内心。

时间是树，记忆是它的影子。

庆森白天拉我出去拍照留念，把时间凝聚在一张张清晰的相片上面。以前从来没有这种即将消失的感觉。我站在学校的不同地方。阳光明媚，我一脸平静，没有笑容。那些拍下的照片被庆森存进电脑里面，新建一个文件夹。直到离开，我一张也没有带走。它们如同历史，被遗落在过去的某个角落。

晚上，我和庆森在宿舍聊天。

宿舍在一楼。从窗户可以看见外面的草坪，绿草如茵。有很多人坐在那里吹风，聊天。不知道是不是我们即将面临分别的原因，突然有很多话说，铺天盖地。室内空气闷热，无法入眠。

我很怀恋我以前的画室，我的那间像迷宫一样的小房子，一切都过去了，物是人非。那里被锁了起来，偶尔有人开门上去打羽毛球。

庆森出去买消夜。在宿舍外面的奶茶店买了花生、鸡腿、汉堡，顺便带了些酒。我们把食物摆在拼在一起的椅子上，已有很长一段时间没有这样在一起喝酒。电风扇吹得呜呜作响。

庆森帮我倒了一杯啤酒。我无意看到他旁边空出来的椅子觉得伤感，这让我想起了唐辰。他的离开，是我心中永远的痛。

以前我们在这个宿舍喝酒，聊天，看电影。时间的确太仓促。似乎已经发生了好久。身边好多人好多事也就这样，渐渐地，被时间过滤掉，留下冰凉的痕迹。

那天，我和庆森都喝了很多。两个人躺在床上。胃因为酒精的作用而有些灼痛，皮肤发烫，喉咙干涩。

半夜我起来喝瓶子里面的纯净水，看窗外孤独的星辰，我看着这个房间的一切，四年下来，这里留下了太多记忆。庆森说：

"还记得花羽吗，她好像快要结婚了。"

"你怎么知道的?"

"这个消息是她同学告诉我的。"

"那个男人对她好吗?"

"这个不太清楚，听说是个中学教师，不过我想他应该比我对她要好。"

他一副落寞的样子，语气清清淡淡，就像泉水般从清涧缓缓流过，无声无息。

我躺在床上，思维始终保持着一种不可退缩的兴奋与清醒。就这样，看着窗外的天空渐渐发白。直到天明。新的一天，逐渐展开。

阳光照进房间的那一刻，我起身拉上窗帘，一点缝隙也不留，然后开始睡觉。这样日夜颠倒的生活，生物钟严重错位。

就像有时写作一样。夜越深，头脑越是清醒，开阔。思维所延伸的空间仿佛没有止境。

四年时间，转瞬即逝。

想着我们即将分别，内心充满着无限感伤。突然觉得大学生活就像是追逐一场盛大的游戏，有人自娱自乐，有人觉得枯燥乏味，有人伤春悲秋。

有时，我在电话中感叹时间是多么仓促。记忆在时间中一晃而过，白驹过隙，日益荒凉。

第二天下午，我在宿舍收拾一切可以带走而且对于自己存在一些意义的物品。画、书籍、衣物、CD、证件，以及一些平时用的生活用品。

在那个灰色的旅行箱里面，我看到了以前的照片，莉汐拍下的。照片上，她肆无忌惮的笑容像是无声的嘲讽。那些黯淡的回忆始终无法抹去，突然觉得四年下来能带走的东西实在太少。

我去那间长方形的房子，里面一片狼藉，地上丢弃了太多垃圾，以及厚厚的灰尘，桌子上一切都保持原样，到处都是空的红酒瓶和烟盒。它们具备某种感情的同时，又与我断绝任何关系。

记忆残忍而自私，但必须这样。

一个人的城市

离开的那天是六月四日。

下午，我在操场上坐着。我从衣服里拿出火车票，留意了一下上面的发车时间。我打电话给诗涵，我说今晚离开。

五点钟的时候，她和我出去吃饭，在学校对面的餐厅。那间餐厅是诗涵推荐的，后来就成为那里的熟客。去的时间多了，老板自然认识，经常和我们坐在一起聊天。

要了一份水煮鱼，和以前那样，里面放了大量花椒和辣椒。老板给我送了两瓶啤酒。

她坐在我对面，她把头压得很低，看着手机屏幕，没有说话。我注视着她的脸，她注视着自己的手机。两个人安静地坐在那里，默不吭声。

菜还没有上齐，我倒了两瓶啤酒，一杯放到她面前，自己端起另一杯，觉得淡而无味。电视机里传来广告嘈杂的声音。

这种突如其来的沉默让人感到发慌，以及来自内心的种种不安。

我心不在焉地盯着电视屏幕，直到她把视线渐渐转移到我脸上。她说：

"你知道我从什么时候开始对你动心的吗？"

"不知道。"我轻微摇头。

"是从那个冬天开始的。你送我回宿舍的路上，你用手给我取暖。你让我内心感觉到一种无法替代的温暖，而这种温暖就如同建立在彼此内心的感情，我想除了你，再也没有男孩这样对我，包括唐辰。我爱上他是后来的事。可是，有一点，我始终不太明白。你既然知道自己喜欢我，可是后来为什么……"

"我无从抉择，我始终沉陷在盲目与矛盾之中，内心的痛苦与困惑难以启齿。这种切肤的感受也许只有我自己能够体会。我知道很多时候，我在逃避，伪装，为自己寻找借口。因为我害怕连朋友的关系也会丧失。我除了彼此的感情，什么都没有。"

她轻轻地放下手机，喝了一口水。没有说话。

我从裤子口袋里面拿出一个深红色的小盒子，然后递给她。里面放的是一对耳环，是之前在婺源买下的。放在我的旅行箱里面，放了整整一年的时间。现在拿出来觉得格外珍贵，因为上面依附着很多细碎的回忆。

我起身帮她戴上，耳环与她的肤色十分相衬，古典别致。她整理了下两边的头发，然后看着我，我露出满意的微笑。

饭还没吃完，她就抢着买了单。她不愿轻易接受别人的恩惠，包括我。

吃饭完，我让她在学校门口等我。我坐校车进去拿行李，从宿舍拖着我的行李箱出来。

路上，我看着马路两边熟悉的风景，想到刚来这里的那些情景，心中的悲凉冒然而起。宿舍里面空无一人，庆森不在。只剩下堆放着乱七八糟的杂物、画架、衣物、书籍、啤酒瓶，等等。

墙上还张贴着两年前的素描作业，陶罐、衬布、水果，更多的是书。还有好多书安静地放在角落。太多，无法带走。

我从里面找了两本，歌德的《少年维特的烦恼》和三岛由纪夫的《潮骚》。关于那本杜拉斯的那本书，最终下落不明，不知道被自己遗失在何处，我再也没有找到，注定看不到最后的结局。

那本书断断续续地看了很久，但每次都只看了其中一部分便放下。因为有所期待，所以对待自然显得珍重。

我轻轻带上门，然后出去。

在学校门口，她把一袋子水果递到我手中，新鲜的荔枝。我去便利商店挑了一些零食，顺便给诗涵买了一瓶纯净水。我们接着去路边拦出租车去火车站。

我看了下时间，离发车时间还差四十分钟。

上车之前，我回头凝视了下即将与之告别的学校，然后拉开车门，让诗涵先上去。我们坐在后面，她看着窗外，学校附近的景色，一切似乎已经深深印在记忆之中，无法忘却。

天色开始逐渐沉淀下来，瓦蓝色的天空慢慢变暗，就像一幅神秘而忧郁的古典油画。我拉过她的手，轻轻放在我的腿上，她安静地看着我。

她说："我想过了，很多事情过去了也就意味着消失，沉浸在过去是一种羞耻。人应该和向日葵一样，向着阳光生长，吸纳雨水与养分，而不是像沉潜在海底的那些水藻，纠缠不清，日益荒芜。"

"世间万物都顺循着既定的秩序，这是宇宙规律，人的命运、姻缘、生死都归属于此，无法逾越，无法掌控。世间美好的东西都是短暂的，因此需要珍重……"

"是啊，好的时光总是弹指挥间。"

车子到站的时候，时间刚好合适。广播里传出了即将出发的列车的相关通告。我怅然若失地从座位上站起来，提着旅行箱涌入前去的人群之中。

诗涵站在后面目送我远去。

过安检的时候，我转过身注视她，朝她挥手，然后说再见。

我们再一次分别。内心依然泛着轻微疼痛。转身的瞬间，我不知道自己何去何从。这次，我知道我是真的走了。

再见。那些灿烂美好的时光。

记忆中，那是第三次去广州。

在这个拥挤、颓靡、欲望横生的繁华都市里，我几乎没有朋友，除了我一个高中同学。我偶尔坐车过去看他。

他请我吃饭，带我去附近的理发店里剪头发，回来的时候，又去帮我充话费，十分热情。我们有时也没有话可以说。从他脸上，我仿佛看到了现实所赋予的残酷和冷漠。

我们在路旁的一个大排档吃饭，还有他的一个同事。点了很多菜，几个男人边吃边喝，各自说到了曾经有过的趣事及恋情，谈笑自若，欢畅淋漓。

我和他已有四年未见，但感觉还是停留在昔日。我想真正的感情，即是彼此相隔多年，再次相聚也不觉得陌生。

置身新的城市，到处充满了好奇，但感觉这种繁华与喧嚣根本无法容纳自己内心的不安，有时候会有突如其来的伤感。在这里，有时也会感到孤单。

后来，我路过一条街的时候，认识了一个摄影师，他叫阿凯。他在影楼做事，是因为面试的原因我进去打探了一下消息。

那天，他穿着旧牛仔裤，白色贴身背心，很长的头发，留着胡楂。他坐在沙发上和我交谈，关于艺术与摄影的话题。其中我留意了下他手上的一块文身，图案是中国的八卦。

我告诉他说自己以前认识一个很喜欢摄影的女孩，喜欢森山大道和弗兰克的作品，有一双漂亮迷人的眼睛，深邃，清澈，像水晶一样明亮。我有时很想念莉汐，也不知道她现在过得是否安好。

依然是一个人。在哪个城市都一样。

我开始为工作四处奔波，在网站上投大量的简历，去劳动就业局填个人资料，在人才市场现场面试，陆陆续续地去各家公司应聘。

六月的天气总让人坐立不安。有次回来，是下午的时候，我去购书中心看书，等待下午的面试。我坐在台阶上看书，像个落魄的流浪者。

我在三楼找博尔赫斯的书籍。

关于这个阿根廷的作家，似乎隐藏着一个谜，这个谜既是作家，也是他的作品，仿佛有一种魔力吸引读者去探索。我找了很久，最终一无所获。只有杜拉斯的书，几乎包含了她所有作品。那些书，在书架上排放的俨然有序，其中包括那本《情人》。

那本书的封面沾满了污迹，显然有很多人阅读过。我站在那些作品前面，没有拿起一本。那段时间我无法面对她所写下的孤独与无助。那些赤裸的文字像是我内心的一面镜子，我无法面对它。

中间，我接到诗涵从学校那边打来的电话，此时我正在书店看夏树静子一本小说。

我放下手中的书，绕过一排书架，去一个人少的角落接听。她在电话中说话的声音很含糊，无法听清。我想可能是因为信号接收不好，于是又换了一个靠窗的地方，终于可以听清她所说的内容。

"……今天是小惠生日。中午我和她们约好出去吃饭，我戴着你送给我的耳环，我很喜欢那对耳环，她们都说很好看哪。可是，今天的心情真是糟透了，我神情呆滞地坐在那里，脑子里一片混沌，突然很想喝酒，也不知道自己为什么这样，只觉得心里很压抑，很难过，我又想到了唐辰，我想我这一辈子都忘不掉他。你和唐辰都走了，相见无期，学校好像也空了，因此也没有什么值得留念，想到这里，我就觉得难过、悲伤。所以不知不觉地就醉了……直到现在，我依然不知道自己是否爱过你。我的心仿佛开始腐烂了，我无法将心中的爱赋予任何人，也许我只能爱自己了……"

她在电话中的声音断断续续。有时突然没有回应。我这边也很嘈杂。

我下楼，站在人来人往的街上。我听见电话那边的她在咳嗽，作呕，接着是水龙头打开的声音，哗啦哗啦的流水声，然后电话中断。我打过去的时候，电话关机，我想应该是手机没电了。我感觉耳朵是麻木的，仿佛一切城市噪音汇聚在一起。

回去的时候已是六点，太阳西斜。我随着人潮涌动的人群挤上一辆公共汽车。车厢被塞得满满的，呼吸着浑浊而闷热的空气，身心交瘁，仿佛快要窒息。我看着手中苍白的简历而感到失落。

在车上，我想起招聘会上那个穿格仔衫的男人。他说，男人要有目标，看清自己所需，然后逐步完成，事业和感情都是如此。

我记住了他这些话。

我坐在回去的车上。车子每经过一站都会停下。我看着窗外兀然建起的高楼，如同沙漠里光怪陆离的树一样延伸在空中。

车行驶了半个多小时之后，人才开始变少，我旁边的乘客下车，然后我坐到了这个位置。身体一下感到舒坦。

坐在旁边的女孩已在疲惫中睡去。我看了下她，突然想到和诗涵坐车时的情形，那些刻骨铭心的画面就像发生在昨天，触手可及，时间确实过了很久，仿佛再也回不去。

傍晚的阳光是微弱的，如同一个妩媚的女子。

车子快要到站的时候，车厢只剩下自己，里面的空调冷气让人感到寒冷。我把手缩了回来，交叉抱在一起。下车之后，头依然昏沉不止。天桥上的蔷薇已经盛开，陆陆续续露出素白的花蕾。

我站在桥上，凝视下面呼啸而过的车辆。一股风迎面扑来，剧烈的，迅驰的，穿过身体，不留痕迹，如同人的欲望。植物的气息让人感觉到清醒。

我双手放在护栏上面，突然手机响了起来，是庆森打来的电话。

他在电话中告诉我说自己已经顺利地通过了湖北美术学院的考试，过完这个夏天，就可以去那里读研。他说现在在青岛旅行，想去看一下大海和天空的颜色。

时间无声无息，汹涌而去。

我们最终回归到各自的命运之中。

后来，我回去过一次。我和她住在学校附近的旅馆。房间很干净，白色床单，白色窗帘，有一台很小的彩色电视机，墙上挂着一副色彩艳丽的抽象画。透过窗户可以看见不远处的铁轨，冰冷突兀地穿过这个小镇中央。

我们坐在房间，彼此静默。我们在时间的颠沛流离中习惯了这种方式：沉默，伪装。

我下楼买酒。在马路对面超市买了一瓶红酒，还有一包烟。我们坐在床上喝酒，把一瓶酒喝得一滴不剩。风从外面灌进来，掺杂着泥土的气息。

两个人赤裸地躺在床上，身体紧紧地纠缠在一起。从旅馆后面传来火车轰隆声。她把头靠在我的胸口，泪水在我的身体上汇聚成一条寂寞的河。她仰起左手，把手掌展开，静止在半空中，她说：

"记得以前看过一部很老的电影，里面那个人说，你把手握紧，其实里面什么也没有，但你把手张开，你会发现自己拥有了一切。"

她露出淡淡的笑容。

她抚摸我的头发、胡渣以及嘴唇。她的手指是冰冷的。我们在沉默中看着对方的脸，无言以对。我们无法告知对方自己的秘密。

这天晚上，我们在渐渐隐退的月光中睡去，然后醒来，我们又开始陷入肉体的欢愉中。这种虚无的占有，如同生命存在的幻觉，让人迷失，无法自拔。彼此需要对方给予的温暖，就像给予对方的虚无的爱。

在黑暗中，我仿佛触摸到绝望。我们不知道爱情究竟是什么东西。

不知道为什么，她落泪的时候，让我突然想起那个曾经在黑暗之中与自己纠缠的女孩，她叫莉汐，我知道她爱过我。我们曾经是恋人。

"《情人》你看完了吗？"我说。

"看完了，他们最终面临着分别，注定不能长相厮守，但却永远相爱，时间，空间，亦无法阻隔。爱情有时就像个神话，无穷无尽地牵制着两个未知的灵魂。"

"若是这样，也是完美的。至少曾经拥有过，那就够了……"

时间过渡，我们最终难以抵达彼此内心的那个岛屿。它始终是荒芜的，寂静的。我们像是山盟海誓地厮守着一次汹涌而来的浪潮，等待最后的毁灭。

她起得很早，下楼去街上买早餐。醒来的时候，阳光已从窗帘的缝隙中透出了光线，洒在地板上，像一张白花花的纸。

我缓缓地睁开眼，看着她的背影，在朦胧的光线下有些忧伤。窗台上的栀子也露出了白色的花瓣，空中有清雅的花香。

我穿好衣服，去洗手间洗漱。她走进来，从后面抱住我。她的泪水滴落在我的皮肤上，渐渐冷却。她黯然神伤地说：

"对不起，良君，我骗了你，我其实并不爱你。"

"是因为唐辰吗？"

我的声音突然变得低落。

"也许是我的心已渐渐死去。唐辰死后，我的记忆也随同这段感情坠入深海。时间对于我而言，已没有任何意义了，我们最终还是逃脱不了命运的束缚……"

我和诗涵坐车去以前到过的地方，去那个公园。她依然戴着一年前我送给她的那对耳环。我很欣慰。我知道彼此依然相爱着对方。

我们像刚认识那个时候一样去那个荒寂的公园，寻找遗落在时光中的那些记忆。她一路奔跑，脸上绽放着迷人的微笑，有时停下看看我。

到达山顶的时候，我们发现那里已不同往昔，四周的树格外茂盛，四处种满了玉兰和桂花。我们坐在那个亭子里面，脚十分酸痛。

她靠在我身上，我的下巴触及着她柔顺的头发，有股茉莉花的清香迎面扑来，淡淡的，沉浸在空气中。离开的时候，我轻轻地在她额上留下一吻。

回去的路上，我们一如往日地坐在车厢最后一排。

阳光十分清澈，温暖。我想起那个冬天，也是去公园。那天下很大的雪，大地苍茫，白雪皑皑，像电影里出现的画面一样，世界静谧无声，大地素净空灵。我们坐在车厢的最后。

途中，她在一扇被雾气覆盖的车窗上写下我的名字。那一幕，即使现在回想起来也暗自觉得伤感。

最终，还是要离开。

走的那天，我把那个红色发卡放在她床边，还有唐辰写的那本日记。

我们依然分隔两地。我依然为生活四处漂泊。去深圳、南宁、厦门、台州等不同的城市。依然经常失眠，吃药，做一些奇怪的梦。依然只能挤肮脏嘈杂的公共汽车，依然一个人，哪怕诗涵依然爱我，可生活依然还在继续，到处充满着不可估量的失落或绝望。尽管我们依然保持电话联络，我告诉自己彼此都需要空间容纳自己。逃避仿佛成了我面对生活的方式。

我像是生活在水底。昏暗，潮湿，但可以触及水面的阳光，可以感知时间留下的幻影。

有时药物可以安抚自己的灵魂，让人平静，无欲无求。因为深度失眠，必须通过药物才可以改善这种状况。我开始服用安眠药，数量与日俱增，这使我感到无端的恐惧。我害怕有一天会在一个梦中静静死去。

我辞掉了以前做广告设计的工作。工作太久，业务繁重，我时常感到压抑而困顿。突然觉得人的内心战争比什么都可怕。

后来，我辞掉这份工作，只身去了上海。抛开以前的人际关系，独自去另一个城市。我在桃江路的一间酒吧找到了新的工作。

有很长时间没有画画，有时路过那些画廊，看着那些油画觉得十分陌生。我觉得画画是件奢侈的事情，浪费心力，花费时间和金钱。很多事在现实面前不堪一击，很多想法也只能在远去的时间中不告而终。

以前，我总是把钱用在买颜料和画布上面，我的梦想是成为一名出色的艺术家。但现在不了，我拿来买不同的酒。我仿佛明白了及时行乐的道理，或许只是一个安抚自己的理由。朗姆、伏特加、黑牌、芝华士、轩尼诗……

我承认自己堕落了。

借以喝酒来麻痹自己，来逃避眼前的种种困惑和现实，但我知道，这只是自己制造的幻觉。

在酒吧，每天面对嘈杂的音乐和形形色色的人，按时睡觉上班。在那里，我认识了一个乐队歌手，名字叫舒。她每天的工作就是唱歌，她喜欢艾薇儿，晚上有两个时间段是她的。我问过她，为什么会选择在这里工作。她说，因为有音乐，就不会感到孤单。

那天，我听见她站在台上唱陈慧娴的歌，披着凌乱的头发，颓靡而不屑的眼神。在昏暗的角落，我暗自流下了眼泪。

生日那天，舒打电话给我。

我们坐地铁去她朋友新开的一间海鲜餐厅。她说她喜欢吃鱼。餐厅装饰很特别，环境幽静，墙上张贴了很多黑白照片，包括荒木经惟的经典作品。

进去的时候，我看见窗台上摆放着几盆鸢尾，已露出了蓝色的花苞。我站在原地，静静看着眼前的花。舒走过来，好奇地注视着我。

"见过这种花吗？"我问她。

"没有，叫什么名字？"

"鸢尾花。"

"哦。原来这就是鸢尾花。"

说完，便转身进门。

我们坐在大幅落地玻璃窗旁边，看着外面神色匆忙的人群，在大街上来来往往。

回来的时候，她在出租车上渐渐睡着，头轻轻靠在我的肩上。有洗发水的清新味道。看着她睡着的样子，我又想到了和莉汐去珠海的时光，记忆显得冰凉。

　　而最终还是没有莉汐的消息，彼此也中断了联系。有人说她去了巴黎，做了一名自由摄影师，我不知道是不是真的。如果是这样，我倒为她感到高兴。因为这毕竟是她喜欢的事情。

　　那天回来之后，我收到了诗涵寄给我的一件小的包裹。她实现了自己的承诺，里面放着一个精致的 ZIPPO 打火机，复古款式，粗犷旧色。我已经戒了很长一段时间的烟，但酒依然戒不掉。有时会叫上舒，在我家喝酒，自己用冰块和苏打水调配。

　　舒的性格直爽，像个调皮捣蛋的大男孩。她和我一样沉迷酒精，沉迷威士忌，彼此认定酒是个好东西。它可以触及生活中寻觅不到的幻觉。

　　生日那天，她来我家。我们像往常一样喝酒，没有生日蛋糕，没有唱歌。只有酒精混入胃里的温度，以及酒醒后各自内心所承受的孤独。

　　她总会让我想起莉汐。

　　有时，我走在街上，目光呆滞，神情麻木。我害怕一个人走在街上、害怕涌动的人流和车辆。我的心脏与灵魂开始在时间中溃烂，分离。我似乎闻到了这种溃烂的潮湿的气息。

　　我越来越厌恶所谓的人际交往，这其中所隐藏的利益关系让人觉得乏味。因此，我宁愿选择独处，这样至少保留了心灵的自由和纯粹。

　　时间久了，仿佛存在自闭的倾向。

深海未眠

我在上海的房子很小，里面仍然摆满了各种各样的酒瓶子，像个杂货铺一样。墙上贴满了荒木径惟和森山大道的黑白照片，有一张关于马尔代夫的风景海报、一张中国地图。床的正上方悬挂着三年前的油画，上面散落了些许灰尘。

那是一张肖像画。画里面的女孩坐在窗台前面，可以看见一张素白的床，蓝色窗帘，浅绿色墙纸，以及桌面上摆放的一盘水果和红酒瓶，女孩嘴角微微上扬，她的手中拿着一朵深红色的玫瑰……

舒有一个男朋友，在物流公司做货运司机。他们认识了将近一年。她住的房子离我很近，中间仅仅隔着一条巷子。

有次下班之后，我在自己楼下遇见了她，她骑着粉红色的电动车，她说：

"原来你住这里啊。"

"是啊。"

"下次回来我载你。"

"呵呵，好啊。"

我打心里来说不愿坐她的车，并不是因为不好意思，而是怕别人误会。我只坐过一次。

那天，她去我那里喝了酒，男朋友打电话问她现在在哪，她说："不要你管。"然后便挂了电话，关机。

晚上，我们喝到深夜两点，然后躺在床上，我和她紧紧拥抱在一起。她的舌头触及了我的牙齿，我闻到了她身上的香水味，茉莉的味道。这与诗函身上的味道决然不同。

后来她哭了，眼泪像打落的露珠一样滚下来，滴在我的胸口。我不知道为什么，也许是因为寂寞，或者难过。

没过多久，他们便分手了。她辞职，然后离开那里。此后我再也没有见到她。

尽管我很喜欢这座城市，但是周围充斥的繁华与热闹让我更加孤独。

其实很多事情，都会随同时间而发生潜移默化的变化，只是实质未变，就如同一棵树，直到枯死，它依然也是树，而非其他。因此，对生活亦没有抱太多幻想，那是以后的事，就像莉汐所言的宿命。爱情陷入绝望，就像坠入一片深不见底的大海。

已经有半年的时间没有和诗涵取得联系。时间淡化了我们在彼此心中的位置。我现在终于承认时间和距离可以改变一切。这是真的。我知道她不再爱我，或许从未有过。我突然想起了沐川。

不知道从什么时候开始，我觉得自己的世界越来越小，仿佛容纳不下任何人。独自对面生活，时间久了，对孤独产生一种抗体。同时，也与这个冷漠的喧嚣的社会格格不入。

有很长的一段时间是独自一人，形单影只。那种在未走出学校之前的憧憬和热情随着现实的僵硬而日益消退，冷却，就像一个人迷失在黑夜之中，找不到一束光线和出口。

随着时间的流逝，我的内心日益趋近孤立，生活趋近寂静。

像海一样没有波澜。死寂。自己不需要别人对自己施舍任何感情，对别人也是如此，就如同山谷中静谧而生的兰草，花开花谢，冷暖自持。

世间的追逐大凡只是处心积虑地等待最终的虚无，而内心对这个世界真实的感知才是存在的意义。得与失，并不是自己所能掌控、克制。人应该存在信仰，才不会迷失自己。我想。

我又开始听莫扎特。有人说他的音乐可以安抚灵魂，缓解压抑而不安的心情。

已是寒冬，冷风凛冽。

晚上，我躺在床上。很多个夜晚，我凝望着静谧的夜空，脑海的记忆不断浮现。发生过的事情像照片一样开始褪色，变旧。

在圣诞节那天，我收到了庆森发来的圣诞祝福。

窗外又飘起了雪。这是上海第一次下这么大的雪。我从柜子里面拿出诗涵送给我的那条素白如雪的围巾，在脖子上绕了几圈。然后我下楼，去街上的便利店买了一包烟，店门口的圣诞树上挂满了五颜六色的礼物，还有可爱的星星。闪闪发光。

公园里有一对年轻情侣相拥在一起，为对方取暖，那个女孩戴着粉红色的手套，她把一只手贴到他的脸上，露出肆无忌惮的笑容。我不禁想起那个夏天，微风吹拂着诗涵的花裙摆，我与她邂逅，相爱，分别，像电影一样短暂。

和以前一样，我服用了两倍的安眠药。

我安静地躺在床上，翻了几页纪伯伦的《先知》。因为药物的作用，我渐渐进入睡眠，产生强烈的幻觉，如同坠入一片深海，头顶迎来一束光，仿佛为我打开一扇从未开启的门。

我又开始纠缠在同一个梦中。像被囚禁在一个巨大的牢笼里面，不管我如何挣脱，都出不去。在那个梦中，有渡船、小屋、百叶窗，还有一个女人。看不清她的面容。她赤裸着身体。在细密的阳光中沉默，抽烟。她的手在阳光下凝固成孤独的姿态，留下斑驳的影子，像是时间留下的痕迹。她静静地凝视窗外，像是在等待一个即将出现的人。在她身后的那张素白的床上，放着一支凋零失色的鸢尾花……

　　醒来的时候，天色泛白，有一束微弱的光线透过窗户，映入房间。